精霊術師さまはがんばりたい。

登場人物紹介

レイラ

精霊術師の少女。
天涯孤独の身の上で、人に頼ったり
甘えたりするのが大の苦手。
周囲の人間に辛く当たられているが
気にせずマイペースに生活している。

グレッグ

高名な旅の剣士。
レイラの無愛想さに呆れつつも、
彼女のがんばりと実力を理解し、
旅のお供に指名する。
面倒見のいい男前。

ルーナ

レイラの相棒で、水の精霊。
白蛇の姿をしている。
子供っぽく無邪気な性格で、
レイラのことが大好き。

支部長
フェランの街の
精霊術師協会のトップ。
率先してレイラをいじめる嫌な中年。
なにか隠し事がある様子で、
怪しい動きをしている。
師匠
レイラの精霊術の先生。
穏やかな人格者。
今は別れて暮らしているけれど、
弟子のことを気にかけている。
水の精霊王
湖の国レティスに住んでいる。
火の精霊王と険悪だと
いうことで有名だが……？
火の精霊王
火山の国ドラートに住んでいる。
水の精霊王との戦いの影響で
眠りについているらしい。

目次

開幕

とある街の通りで、途方に暮れている娘がいる。

「……迷った」

知らない景色が珍しくてついキョロキョロしていたら、いつの間にか、隣を歩いていたはずの連れの姿がない。これは、世間で言うところの迷子になったという現象だろうか。自分が『子』なんて年齢ではないことくらい、重々承知の上だが。

娘はひたすらオロオロし、通りのど真ん中に立ち尽くす。

するど、明らかに困っているように見える娘に、周囲の人間が声をかけてくれた。

「おう、嬢ちゃんどうしたよ？」

単に通行の邪魔だったのかもしれないが、親切には変わりない。

しかしながら、娘は極度の人見知りだった。

「……」

娘は助けを求める気持ちを無言で視線に込めてみたのだが、生憎《あいにく》、相手には伝わらなかった。

「なんでぇ」

なにも言わない娘に、相手は肩を竦めて去っていく。助けを逃した娘が肩を落として落ち込んでいると――

「おいこら、レイラ」

そんな声と共に、後ろから大きな手に頭をガシッと掴まれた。娘がぐるりと振り返ったところ、そこには体格の良い男が立っている。

「あ、グレッグいた」

連れが見つかってホッとしていたら、頭を掴んでいる手に力を込められた。少々痛い。

「勝手に消えるな！　どうしてておめぇはただ歩くことができねぇんだよ！」

「ただ歩いているだけなのにはぐれる、これは都会の不思議」

男がゆさゆさと頭を揺らす下で、娘は小難しい顔をしてみせた。

「不思議じゃなくて、お前が注意力散漫なだけだ！」

男に叱られ、娘はしばし考える。

「じゃあ、こうして歩く」

娘は男の服の裾を握った。その手を見て、男はガシガシと自分の頭を掻く。

「そこはせめて、こうだろうが」

男は娘の手を服から離すと、代わりに自分の手を握らせた。

「ほれ、行くぞ」

「……うん！」

男に促《うなが》され、娘は嬉しそうに微笑《ほほえ》んだ。
この娘、実は大変貴重な精霊術師である。しかし今に至るまで、様々な苦労があった。
そんな彼女の苦労譚《くろうたん》を垣間《かいま》見るとしよう。

第一章　フェランの精霊術師

火の精霊王の住まう火山の国ドラート。その中でも比較的大きな街であるフェランは、この国で最も火山に近い街として知られている。その街の片隅に、建っているのか朽《く》ちているのか紙一重な外観の木造住宅があった。その中で、まだ年若い娘が熱心にすり鉢でなにかをゴリゴリとすり潰している。

「そーれそれそれ……」

紺《こん》の目を眇《すが》めて妙なかけ声を呟く娘は色白の肌で、汚れてヨレヨレになった茶色のローブを着込んでいた。髪は背中を超すほどの長い黒髪で、適当に後ろで束《たば》ねている。その見た目の印象は陰気の一言に尽きるだろう。

朽ちかけの建物の雰囲気とあいまって、娘の様子は呪いをかけているかのように見えた。事実、怪しい儀式をしていると近隣住民から通報されたことも一度や二度ではない。

『レイラ、鼻が曲がりそうなくらい臭《くさ》いよ』

すりこぎを動かす娘の頭の中に、突然そんな声が響いた。視線をすり鉢から離した娘の足元で、白い蛇がちょろちょろと這《は》っている。白蛇の姿を見た娘は、すりこぎを止めた。

このいろいろと怪しい娘の名はレイラ、こんなことをしているが精霊術師である。精霊術師とは、

世界に満ちる精霊の力を使って、自然現象を再現する術を使う者のことだ。

「獣除《けものよ》けの薬は、お金になる」

レイラは白蛇にそう告げると、またすりこぎを動かす。

――これでなんとか、万年貧乏から脱出するんだ！

いくら蛇から臭《くさ》いと文句を言われようとも耳を貸さず、レイラはひたすらすりこぎの音を響かせる。

やがて満足したのか、レイラは手を止めた。

「ふ、ふ、ふ……。これを丸めて乾燥させればよし」

『きっとまた、誰かが文句を言ってくるよ』

レイラの頭の中で再び声がした。この声の主は、いつの間にかテーブルに上がってきて、すり鉢を覗き込んでいる白蛇だ。苦言をよこす白蛇は、そこいらの蛇となんら変わりなく見えるが、実はただの蛇ではなく水の精霊であり、名をルーナという。

世界には数多《あまた》の精霊がいる。その中で時折、気まぐれな精霊が気に入った人間と行動を共にすることがあった。ルーナがまさにそれである。水の精霊は実体化した際、蛇の姿をとるのだ。

ルーナの声は思念の形で語りかけられていて、普通の人には聞こえない。

しかし、ルーナの声がバッチリ聞こえてしまうレイラは、ムッとした顔をする。

――文句を言うなら、金をくれ！

金さえあれば、レイラだってこのような臭《くさ》い薬をなにも好《す》き好《この》んで作ったりはしないのだ。こんなことをしている精霊術師は、世界広しといえどもレイラ一人に違いない。

本来ならば精霊術師は人々から敬《うやま》われ、収入もそこそこよい職業である。ボロ家に住み、怪しげな薬を作る生活を送ることにはならない。

それにもかかわらず、どうしてレイラが現在の暮らしをしているのか。その理由は、レイラの精霊術師としての資質に問題があるせいだ。

人と人の間に相性があるのと同様に、人と精霊の間にも、気が合う合わないという感覚がある。たとえば、地の精霊に好かれる者、風の精霊に嫌われる者といったように。

ここドラート国は火の精霊王の住まう火山を有する国であるため、この国の精霊術師は火の精霊に好かれやすく、水の精霊に嫌われやすいとされていた。

そんな事情もあり、ドラート国の精霊術師は、火の精霊術を使う者が大半だ。火の精霊術を使ってこそ一人前だと言われる。つまり、火の精霊術を使えないことは、とてつもない欠点だとみなされるのだ。

さらに、この国の精霊術師は、水の精霊術を嫌悪する傾向にあった。

今から十数年前、火山で火の精霊王と水の精霊王が大喧嘩《おおげんか》をしたせいで、火の精霊と水の精霊は最悪と言っていいほど仲が悪いらしいのだ。そのため、火の精霊を信奉するこの国の精霊術師まで水の精霊に敵愾心《てきがいしん》を抱いている。「火山に攻め込んだ水の精霊は敵だ！」と、ある精霊術師が言っていたのを、レイラは聞いたことがあった。

それほど仲が悪いにもかかわらず、火の精霊王が住まうドラート国と、水の精霊王が住まう国は隣り合っている。このことは精霊術師の間で大いなる謎とされていた。

ともあれ、この国の精霊術師であれば、火の精霊の肩を持つのは当然なのだろう。

——だけど、私にとってはいい迷惑！

物心ついた頃からドラート国で育ったレイラだが、火の精霊に嫌われる性質だった。反面、水の精霊であるルーナを連れていることからも明らかなように、水の精霊には好かれる。つまり、ドラート国のほとんどの精霊術師とは、正反対の性質なのだ。

それにより、レイラは周囲の精霊術師たちから距離をとられている。

——だいたい昔のことにこだわって、心が狭すぎなのよ！

いくら昔、精霊王同士が喧嘩《けんか》したからといって、それに乗っかって精霊術師まで対立しなくてもいいだろうに。おかげでレイラはドラート国の精霊術師仲間から敵視されて、些細《ささい》なことで因縁《いんねん》をつけられたり、精霊術師としての仕事を回されなかったり、様々な嫌がらせを受ける日々を送っている。

ドラート国では居場所がないレイラだが、この国を出てよその土地に行けば状況も変わると、昔、精霊術師の師匠に言われていた。しかし、ろくに仕事の来ないレイラには、よその土地まで旅をする資金がない。なのでこうして怪しげな薬を作って、旅の資金を工面している最中なのだ。

——邪念に囚われている暇はない、作業作業。

レイラはすり鉢の中身を少し手にとり、捏《こ》ねて丸めてから板の上に並べていく。それを鼻歌交じりに繰り返していると、玄関のドアがノックされた。

『レイラ、お客さんみたい』

ルーナが玄関を気にする。だがレイラはそれをまるっと無視して、捏ねて丸めてを続けた。

「レイラ！　いるのはわかってるよ！」

その声に、レイラはピタッと動きを止める。客は、大家のおばさんだった。

今、レイラが恐れるのは精霊術師の対立ではなく、大家のおばさんである。何故なら、家賃の支払い期限がとっくに過ぎているからだ。しかも今月だけでなく、数カ月分滞納している。

「溜まった家賃を早く払いな！　それとちゃんと食事はしてるんだろうね⁉　なにごとも身体が基本なんだよ！」

言いたいことを怒鳴り終えたおばさんはすぐに去ったようで、玄関の向こうが再び静かになった。

『……だってさ』

ルーナがレイラを見上げる。

「家賃のためにも食事のためにも、これが重要」

そう言って、レイラは丸めた薬をルーナに示す。

出来上がった薬を早く売りに行かなければ、おばさんがまた来るはずだ。

物言いはキツいおばさんだが、あれでレイラを心配してくれているらしく、家賃取り立ての最後にいつも食事の心配をされる。よほどレイラが食べていないように見えるのだろう。まあ、実際に食うに困っているわけだが。

しんとした室内で、レイラは真剣な表情で捏ねて丸めてを再開した。だが、しばらくすると、またもやドアをノックする音がした。しかも今度は乱暴な叩き方だ。

「精霊術師レイラ！　いるのはわかっている！」

ドアの向こうから、野太い男の怒鳴り声がした。その声の主が誰なのかはわからない。

――無視だ、無視！

レイラは外の男を放っておいて作業を続ける。ところが大家のおばさんと違って、男はすぐに去らずにドアを叩き続けており、正直うるさい。

――私は今、忙しいのよ！

レイラはそれも無視していたのだが……

『レイラ、もしドアを壊されたら弁償だよ』

ルーナのその言葉に、レイラは渋々作業を中断する。滞納している家賃以外に、費用がかさむのはごめんだ。

「どちら様？」

レイラは薄くドアを開けて外を窺《うかが》う。そこにいたのは朱色の上着を着た男だった。褐色《かっしょく》の肌で赤毛の髪を刈り上げている。うろ覚えだが、顔は見たことがあったはず。

「……なんか用？」

心底面倒くさそうに言うレイラを見て、男はこめかみに青筋を立てる。

「いるのならば、早く出ろ……って臭《くさ》い！　なんだこの臭《にお》いは!?」

男は最初の勢いを急激に萎《しぼ》ませ、大きく後ずさる。なにせ、すり鉢の中身の臭《にお》いが室内に充満して、その上レイラは手を洗っていない。ゆえに、今のレイラ自身も非常に臭《くさ》い。

「獣除《けものよ》けの薬、超強力」

レイラはベタッとしたもので汚れた手のひらを、男に向かって掲げる。男は鼻をつまんでさらに距離をとった。

「支部長がお呼びだ、早く臭《にお》いを落として協会まで来い！」

男はそれだけ叫ぶと、速攻でドアを閉めた。

残されたレイラは、じっとドアを見る。

——誰も、行くとは返事してないし。

呼び出しの理由なんて容易に想像できる。どうせ「精霊術師が怪しい儀式をしていると、ご近所さんから苦情がきている」とか言われるだけだ。そんな話を聞くために、大人しく協会へ行く気も時間もない。

ちなみに、協会とは精霊術師協会の略であり、世界中に支部が存在する大きな組織である。だいたいの精霊術師は自分の暮らす近くの支部に所属し、そこで仕事の斡旋《あっせん》を受けるのだ。レイラも現在、この街にある支部に所属していた。

先程の男が着ていた朱色の上着は、ドラート国の精霊術師協会の制服だ。基本的にドラート国の協会に所属する精霊術師は、あの朱色の上着を身につけることになっている。火の精霊王の住まう国であるので、火を連想させる朱色を使っているのだとか。

ただし火の精霊術を使えないレイラは、この街の支部長から朱色の上着を着ることを許されず、古着のローブを着用している。

――ま、あの連中の仲間の証《あかし》なんかいらないけどね。

連中はレイラを嫌っているし、こっちだって嫌な態度をとる相手にわざわざ会いに行く理由はない。世の中、平和が一番だ。

『僕、あのおじさん嫌い』

ルーナも嫌がったので、素直に協会へ行く必要はないという気持ちがさらに強まった。

そんなものよりも大事なことがある。すり鉢の中身を全て丸めてしまうことだ。放っておくとすぐに乾燥してしまって捏《こ》ねられなくなるので、今までの苦労が無駄になる。

「ふ、ふ、ふ……」

レイラが笑みを浮かべつつ、捏ねて丸めることしばし。

「終わった！」

レイラは作業完了に喜びの声を上げると、さっそく、薬が載っている板を家の裏に移動させる。そこで乾燥させるのだ。今日のような暑い日だと、薬もすぐに乾くに違いない。

「ふー……」

外の風を受けてレイラは深呼吸する。すると、薬を作っているうちに麻痺《まひ》していた嗅覚《きゅうかく》が、徐々に復活してきた。

こんな臭《くさ》い薬を買う奴がいるのかと思われるかもしれないが、生のままだと臭《くさ》い薬も、乾くと多少は収まる。強烈に臭《くさ》いのが、ちょっと気になる程度の臭《くさ》さになるのだ。

ちなみに、レイラが住んでいる家は街の外れにあるので、他の住人の迷惑になる度合いは、ほんの少しだった。この乾燥させている間の臭《にお》いのことで苦情が出ているのだろうが、そこはレイラの稼ぎのために我慢してもらうしかない。

――よし、あとはこのまま待つ！

乾くのを待つ間に、屋内の片付けだ。まずは閉めっぱなしだった窓を開けて、空気を入れ替える。外から入り込んだ風が、室内に籠《こも》っていた空気を押し出してくれた。

次にレイラはテーブル周りの、草のカスが散らかっているあたりを見る。

「《水の玉》」

レイラは両手を広げてそう唱えた。すると、両手の間に球体状の水の塊《かたまり》が生まれる。その水の塊をテーブルの上に落とすと、床まで派手に濡《ぬ》れた。その水を使って、薬作りで汚れた室内をせっせと拭《ふ》き掃除する。

――我ながら便利だ、精霊術って。

なにせ井戸を使わずとも、拭き掃除の水が確保できる。とはいえ、他の精霊術師がこんな使い方をしているのかどうか、レイラは知らない。

彼らは「精霊術とは人知を超えた高尚なものである」と思っている節があるので、知られれば用途を間違えていると叱られる気がする。

拭き掃除を終えたら、全身に薬の臭いが染みついている自分自身も洗う必要がある。このまま外出すると歩く公害だ。レイラは炊事場から大きめのたらいを持ち出し、床に置いた。

「《水の玉》」

レイラが再び唱えると、先程よりも大きめの水の塊《かたまり》が生まれた。その水をたらいの中に落とせば、いいカンジに水が溜まる。レイラは着ていたローブを脱ぎ捨て、たらいの水につかった。

――うーん、気持ちいい！

窓を閉め切っていたせいで汗だくになっていたので、とてもいい気分だ。気候が寒い国では温かい湯につかることがあると聞いたことがあるが、一年中暑いドラート国では水浴びが一般的だ。

水浴びついでにローブの洗濯をして、室内もレイラ自身もさっぱりとしたところで、水を飲みながら薬が乾くのを待つ。本当ならお茶を飲みたいところだが、茶葉を買うお金はない。

――お金が入ったら、お茶っ葉を買おう！

薬を作るたびにそう決意するものの、毎度、家賃の支払いに追われ、茶葉を買えずにいるレイラだった。

そうして待つことしばし。レイラが再び家の裏に行ってみると、薬はカラカラに乾いていた。

「うん、上出来」

出来栄えを確認しつつ薬を全て麻袋に詰め、レイラはさっそく家を出た。薬屋で、この薬を買い取ってもらうのだ。

『外？　僕も行く～』

ルーナもついてくると言うので、腕に絡みつけた。

外に出ると、強い日差しがレイラを襲《おそ》う。

——暑い、溶ける！

レイラはなるべく日陰を選んで歩いて行く。

ドラート国は一年を通して温暖な気候である。なので通りを行き交う人たちはみな、露出の多い涼《すず》し気な服装をしていた。

褐色《かっしょく》の肌に、赤毛であるのがドラート人の特徴だ。レイラのような色白の肌や黒髪の者はほとんどいないし、いても異国人だと決まっている。

普段ほとんど外出することのないレイラには、この国の日差しはことのほかこたえる。レイラはローブのフードを目深《まぶか》に被って肌を隠す。暑いのにズルズルとしたローブを着てフードを被っている姿は、はっきり言って不審者そのものだ。

「ほら、あれ……」

「怪しいものを見たな……」

通行人からそんなことを言われるが、レイラはそれらをまるっと無視する。

——いいよね、暑さに強い人たちは。

怪しい見た目をしているのは、自分でもわかっている。とはいえ、レイラの肌は日に焼けると赤くなってしまうので、それを避けるためにはこういう格好をするしかない。街で浮かないようなお洒落《しゃれ》な日よけの服を買うお金が、今のレイラにはないのだ。

井戸端でたむろしている者たちが、レイラを見てひそひそ話をしている姿も見受けられた。どうせ異国人が怪しい姿で歩いているとか、そんな内容だろう。ドラート人は閉鎖的な性格をしているため、異国人を嫌う傾向があるのだ。

そうしてレイラが噂《うわさ》をされながら通りを歩いていると、今度は若い娘たちのはしゃぐ声が聞こえた。

「ねえ、見た？」

「あの方でしょう？　格好良いわよねー！」

「今日はいいことがありそう！」

そんな噂話を、レイラは聞くともなしに聞く。彼女たちがはしゃぐような出来事があったらしいが、生憎《あいにく》レイラには興味がない。

――噂話ではお腹は膨れないのよ！

薬屋に着くまでに、レイラは同様の会話を数回聞くことになった。噂しているのは主に若い娘だ。会話から情報を纏《まと》めてみると、その噂をされている人物は異国の人で、格好良くて、野性的な風貌がたまらない男だという。同じ異国人だというのに、扱いがレイラとずいぶんと違う。格好良いという評価は偏見の壁を越えるようだ、羨《うらや》ましい。

『誰だろうね、噂の人って』

「さぁ？」

ルーナは噂の主が気になったらしいが、レイラは気のない返事をするのみだ。

そんな話をしていると目的の薬屋に到着した。レイラは慣れた様子で薬屋のドアを開ける。

「いらっしゃい！」

ドアが開いた気配に、店主が張り切って挨拶《あいさつ》をした。店主はひょろりとした体格で、若干日焼けした四十代くらいの男だ。濃茶の髪を適当に後ろで括《くく》り、薄く髭《ひげ》を生《は》やしている。

「なんだレイラか」

店主はレイラの姿を見て、気が抜けたように椅子に座った。

「私は立派な客！」

店主の適当な態度にレイラは物申す。

薬屋の店主は異国人である。

どうして異国人がここで薬屋をしているのかというと、彼がこの街を旅で訪れた際、薬屋の娘に一目惚れして、求婚を繰り返した末に婿入《むこい》りしたためらしい。

ちなみに彼の姑《しゅうとめ》に当たるのが、先程家にやって来た大家のおばさんだったりする。

「レイラ、さっきお義母《かあ》さんが行っただろう？　ちゃんと食えているのか心配してたぞ、固パン足りてるか？」

ここでも食事情を心配された。こうも心配されるのは、レイラが引き籠《こも》って滅多に外に出ないからだろう。

——だって動くとお腹空《す》くし。

そんなダメダメな本音は隠しておいて、レイラは本題に入った。

「獣除《けものよ》けの薬、できた」

そう言って、レイラは持ってきた麻袋を店主に差し出す。

「ああ、ご苦労さん」

麻袋を貰い受けた店主が、中から薬の一つを取り出して確認する。

「うん、十分な品物だ」

そう言った店主は、ホッとした様子で言葉を続けた。

「そろそろ獣《けもの》除《よ》けの薬の在庫が切れる頃だったからね。助かったよ」

獣除けの薬は、台所の鼠《ねずみ》退治から旅の間の獣除けまで、用途が幅広いので消費も激しい。

そのおかげで、薬を作れば結構いい値段で買ってくれる、レイラにとって美味《おい》しい商売なのだ。

しかも、この街で獣除けの薬を作っているのは、何故かレイラだけという独占状態である。

本来ならばこの薬は、フェランの街の周辺にある村が作っている物を仕入れていた。しかし、最近はそちらからの仕入れが滞《とどこお》っているらしい。

だからレイラが独占販売できているのだが、何故仕入れられないのか謎である。

――材料も作り方も単純なのに。

レイラの疑問を察したのか、店主が苦笑して告げた。

「こんな大量に水を使う薬、今はレイラくらいしか作れないよ」

奇妙なことを言われた。

確かに薬を作るのにも、その後の掃除にも、水をたくさん使う。レイラはその水を精霊術で出すので、わざわざ井戸まで汲《く》みに行く必要がなく、他人よりも作りやすい環境にある。

だが、他の人間には作れないというのは大げさな話だ。

「頑張って井戸から汲めばいい」

そう言ったレイラに、店主は肩を竦めた。

「その井戸が問題でねぇ」

レイラは眉をひそめる。

――井戸がなんだっていうんだろう？

ドラート国の井戸は他国の井戸よりも深い造りになっているが、それは今に始まったことではない。毎日洗濯などで水を汲んでいるのだから、特別大変な作業ではないだろうに。

今しがた通って来た道でだって、井戸の周りにたむろっている人たちがお喋《しゃべ》りしながら洗濯したり、子供が水遊びしたりしていた。

店主の言いたいことがさっぱりわからない様子のレイラに、店主は大きく息を吐く。

「この街に住む奴らが呑気《のんき》にしているもんだから、レイラも呑気にしていられるんだな」

遠回しに嫌味を言われた気がして、レイラは少々ムッとする。

その時――

「見つけたぞ!!」

ドアを乱暴に開けて、怒鳴りこんできた男がいた。

「……あ」

彼の姿を見たレイラは思わず声を上げる。肩で息をしながらドアにもたれかかり、顔を真っ赤にして立っていたのは、先程レイラの家に来た協会の男だった。

「支部長のお呼びだというのに、なにをしているんだきさまは！」

男はレイラを指さして、唾《つば》を飛ばさんばかりに怒鳴りつける。男はわざわざレイラを探しにきたようだ。

「行きたくないから行かない」

「きさま、協会の穀潰《ごくつぶ》しのくせに、なんだその態度は！」

面倒くさいという気持ちを隠そうともせずに断るレイラに、男はふるふると全身を震わせる。

レイラとしては、協会の連中が自分を嫌っているのは百も承知なので、そんな相手に素直に従う理由はない。第一、嫌いだったら構わなければいいのに、何故か支部長は定期的に呼び出そうとするのだから、意味不明だ。

「うるさい、怒鳴らなくても聞こえてる」

迷惑そうにレイラが顔をしかめると、興奮した男が手を前にかざした。

「きさまには仕置きが必要だ！　《火の玉》！」

火の精霊術を唱えた男の手のひらに、拳《こぶし》大の火が灯る。

『こんなところで、危ないなぁ』

レイラの腕に絡みついていたルーナが顔を出して、苦情を言った。

たったこれしきのことで、燃えやすいものがたくさんある建物の中で精霊の火を使うなんて。この男、考えなしにも程がある。

——ここの協会の奴らってどうしてこう、力ずくが好きなんだろ……

こんな気の短い輩《やから》を使いによこすとはどうかしていると、レイラは呆れた。

『レイラ、やっちゃう？』

そう言って、ルーナが首をもたげる。

しかし、レイラが対処する前に、店主が男に声をかけた。

「おいおい、アンタの術でうちの店が燃えたら、弁償してくれるのかい？」

第三者の言葉に、男は我に返ったようだ。「ちっ」と舌打ちをすると、自身の手にある火を消した。

「……異国人同士、仲がいいってわけか」

ギロリと男が店主を睨《にら》む。その視線に、店主は肩を竦めてみせる。

「レイラ、店を燃やされてはかなわんから、とりあえず行ってやれ」

店主がレイラにそう言ってきた。レイラとしても、大事な稼ぎの元を燃やされるのは嫌だ。

「……わかった」

レイラは渋々男と一緒に行くことになった。

「後で代金を取りに来いよー」

店主のそんな声に送られながら。

フェランの街の精霊術師協会の建物は、大通りで最も目立つ。

レイラは協会に、最近では数えるほどしか来ていない。しかもそのすべてが、苦情申し立ての呼び出しだったりする。

いつもは受付にしか人がいないはずが、今日は大勢の精霊術師がいた。ただでさえ暑い陽気だというのに、建物内は熱気が溢《あふ》れかえっている。暑苦しいことこの上ない。

その精霊術師の集団は、誰かを囲んでいるようだ。

——誰だろう？

平均的なドラート人よりもだいぶ背の低いレイラだと、確認したくても人の壁に埋《う》もれてしまう。それでも一生懸命ピョンピョン跳んでみたところ、背が高く日によく焼けた大柄な男が見えた。

背中に大剣を下げている姿からして、彼はどうやら剣士らしい。協会に仕事の依頼でもしに来たのだろうか。

精霊術師協会では、精霊術師の管理と仕事の斡旋《あっせん》を行っている。

精霊術師はそれほど数が多くない上に、強い力を扱う者は近隣とトラブルを起こしやすい。先程の薬屋での出来事みたいに、カッとなるとすぐに精霊術を使う者がいるのだ。

そんな彼らを抑え、かつ周囲と円滑な関係を保つために、それぞれの精霊術師に合った仕事を協会が振り分けている。

そして協会の仕事の斡旋では時折、特定の精霊術師が指名されることがあるのだとか。

——私は今まで指名なんて受けたことがないけどね！

というよりも、最近では協会から仕事の斡旋をされていない。レイラはこの街の協会で最も不人気な精霊術師なのだ。

「支部長、連れてきました！」

レイラを連れて来た男が叫ぶと、精霊術師の集団がどよめいた。

「レイラだ」

「生きてたのか」

「まぁ、ヨレヨレでみっともない」

レイラをこき下ろすセリフが聞こえてくるが、本人はそれらを相手にせずぼうっと立っている。

「ようやくか」

精霊術師の集団の中から、小太りの男がレイラの前に立った。朱色に金糸で装飾された立派な上着を着たこの男が、ドラート国精霊術師協会フェラン支部の支部長である。

支部長がレイラに、虫でも見るかのような視線を向けた。

「ふん。相変わらずみっともないナリだな、レイラ。いよいよ廃業する気になったか？」

開口一番に嫌味を言う支部長を、レイラは無言で軽く見上げる。そっちが呼びつけたくせに、嫌味を言われるのではたまったものではない。

しかしここで反論しても、味方に囲まれている支部長が勝つに決まっているので、黙って睨《にら》むだけに留めている。レイラは負ける喧嘩《けんか》はしないのだ。

「……可愛げのない小娘が」

嫌味にも全く反応しないレイラに、支部長は舌打ちした。

そんな険悪な雰囲気の中、レイラに近付く者がいる。

「なんだぁ、このチビは？」

そう声を上げたのはあの剣士だった。

彼は立派な体躯に革の鎧《よろい》を着込んだ、彫りの深い顔立ちをした男前だ。濃茶の髪を短く刈り上げ、青い目にレイラを映している。普通の女ならば、その魅力にぼうっとなるところだろう。

だが、初対面の男に面と向かってチビ呼ばわりされたレイラは、正直イラッとした。

——ちょっと男前だからって、なにを言っても許されると思うなよ！

レイラの背がやや低いのは本当だとしても、そういうのは心の中で呟くものではなかろうか。

「なんか用？」

剣士を見上げてぶっきらぼうに尋ねたレイラに、剣士本人は眉を上げるのみだ。だが、周囲の者が顔色を変えた。

「グレッグ様になんという口のききかたを！」

「これだから……」

レイラは自分の悪口を全て無視し、目を眇《すが》めて剣士を見る。

「……誰？」

見覚えも聞き覚えもないグレッグという剣士を、レイラはしげしげと眺めた。

「ルーナは知ってる？」

『……さぁ？』

一応袖の中のルーナに確認するものの、そちらの反応も薄いものだ。

一方、レイラの反応に、グレッグがなにか驚いたように目を見開いている。

「まさか、こいつが？」

グレッグのそんな呟きは、周囲の精霊術師たちの声に紛《まぎ》れてしまった。レイラも気付かずに、騒ぎを適当に聞き流しながら思案する。

支部長たちの様子から察するに、どうもこのグレッグは有名人らしいが、生憎《あいにく》レイラは知らない。だが推測するに、薬屋に行く途中で聞いた噂《うわさ》の男は、この人物のことではないだろうか。

異国人で、格好良くて、野性的な風貌だという特徴は一致している。それをレイラも魅力的に思うかどうかは別として。

そして普段は人のいない協会に、これほど大勢の精霊術師が押し寄せている理由もわかった。

――全員、有名人目当ての野次馬か。

これらのことがわかって、レイラはすっきりした。

「知らないから、帰る」

すっきりしたところで、レイラはそう切り出す。知らない相手にこちらから用はない。

――野次馬している場合じゃないのよ、私は。

早く薬屋に戻らないと、料金を取り損ねるかもしれない。それに、支部長も用件を言うでもないのだから付き合っていられない。レイラはグレッグに軽く頭を下げて、さっさと建物から出て行こうとする。

これに、グレッグが慌てた。

「待て待て、帰るな！」

グレッグがレイラの手首を掴んで引き留める。

「えー。私、ここに長居したくない」

迷惑そうな顔を隠そうともしないレイラに、ルーナも同意した。

『今日はいつにも増して、空気悪いよね〜』

確かに建物内の人口密度が高いため、非常に空気が薄くてよどんでいる。

「きさまもきさまの精霊も、礼儀というものを知らんのか⁉」

精霊術師であるからには、当然ルーナの声も聞こえるのだ。レイラたちの態度に、支部長が顔を真っ赤にしている。

だがグレッグはそれに見向きもせず、レイラの手首を掴んだまま半信半疑な様子で尋ねた。

「お前は水の精霊術を使う術師か？」

グレッグの発言に、レイラは眉をひそめる。

ここフェランの街で、水の精霊術を使う術師はレイラしかいない。しかし今までの経験からして、支部長に呼び出されたことにいい内容なんてない。

――面倒事は避けるに限る。

「違う、人違い」

よって、レイラは無関係を装《よそお》うことにした。

だがここで何故か、レイラの腕に巻きついてローブの中に潜《ひそ》んでいたルーナがにょろりと姿を現した。

「おお、水の精霊！」

グレッグが目ざとくルーナを見つけ、目を輝かせる。好奇心に駆られたのかもしれないが、なんとも空気を読まない精霊である。

「これはただの蛇、さようなら」

さっさとこの場を去ろうと、グレッグの手から己の手首を引き抜こうとするも、びくともしない。両足で踏ん張ってみてもダメだ。それでもレイラがあがいていると、グレッグがまくしたてる。

「火山で竜の卵をとってくる供として、お前を指名したい」

「……は？」

レイラは思わず間抜けな声を発した。

竜とは火の精霊王の住まう火山に生息し、火の精霊の加護を持っている、要は特別な生き物だ。トカゲに似た外見をしており、一軒家よりも大きな体躯は鱗《うろこ》に覆《おお》われ、並みの攻撃では倒せない。その卵をとるというのは、竜に襲《おそ》われるかもしれないということだ。

「……頭おかしい？」

剣士の正気を疑ったレイラは、うっかり本音を漏《も》らす。

レイラたちの間に割って入ったのは、支部長だった。

「剣士様、このレイラが水の精霊術を使うのは確かですが、大した術を使えません。足手纏《まと》いになるのは目に見えております」

珍しく、支部長がレイラを援護する。いや、支部長としてはレイラを擁護《ようご》したつもりはないのだろう。有名な剣士らしいグレッグのお供を、支部でも花形の精霊術師にさせたいのだ。直後、野次馬連中から自薦《じせん》の声が多数上がる。

だが、そんな周囲の言葉を、グレッグは一蹴《いっしゅう》した。

「火の精霊の加護を持つ竜の住処《すみか》に向かうのに、火の精霊術は無駄だろう」

グレッグの言葉は真実だ。竜に火の精霊術で攻撃しても、無駄どころか火に油を注ぐことになりかねない。

しかし、火の精霊術に並々ならぬ誇《ほこ》りを持っている精霊術師たちには、グレッグの言葉は受け入れ難《がた》いようだった。

「それでも、攻撃する術のない落ちこぼれ術師であるレイラに比べれば、雲泥の差です！」

支部長はレイラを小馬鹿にしつつ、グレッグに申し立てた。

精霊術師になれるかどうかは、その者の中に器《うつわ》があるかどうかで決まる。器があれば、世界に満ちる精霊の力を少しずつ吸い込んでそこに溜めることができるのだ。そして、溜め込んだ力の大きさによって、使える精霊術の程度が決まる。

この器の大きさが、レイラは小さめであった。まだ若いので、これから器が成長することもありうるだろうが、それでも若い頃から器が大きい者には敵《かな》わない。

また、火の精霊術に比べて水の精霊術には、攻撃の術が少ない。火の精霊術の初歩《火の玉》に当たるのが、水の精霊術の初歩《水の玉》である。

だが、《水の玉》は殺傷力があるとはお世辞にも言えない。ぶつけられても、ちょっと濡《ぬ》れるだけで痛くもかゆくもないどころか、暑いこの国ではご褒美になってしまう。

しかし《水の玉》が使えない術だとか、そういったことはない。飲み水を確保するには最適だし、暑い日には水浴びもできる優れた術なのだ。レイラとしては、それほど馬鹿にされるような術ではないと思っている。とはいえ、水の精霊術が火の精霊術と比べて攻撃力に乏《とぼ》しいのは確かだ。

――攻撃できる術だって、あるにはあるけどね。

実はレイラは、裏技を使えば上級術とされる攻撃の術も使うことができる。しかし、使用後は疲《ひ》労困憊《ろうこんぱい》で寝込んでしまうおまけ付きだ。なのでレイラは分不相応なことはせずに、下級の精霊術を使うことにしている。

こういった理由から、水の精霊術を使えても竜と渡り合える実力などないことは、レイラ自身がよく知っている。

「私は、グレッグ様のためを思って言っているのです！」

支部長の言葉を皮切りに、野次馬たちがどっとグレッグに押し寄せる。

「グレッグ様、ぜひ私を！」

「いや、俺こそお供に！」

「いや、私だ！」

勢いに負けて、グレッグがレイラの手首から手を外した。この機を逃すことなく、レイラはさっさとその場を辞して帰宅の途につく。

——こういうことは、やる気のある人がすればいいのよ。

帰る道中、腕に巻き付いたルーナがしょんぼりとした様子で話しかけてきた。

『レイラ、せっかくあの人が誘ってくれたのに……』

「無理」

グレッグの話に未練があるらしいルーナに、レイラはきっぱりと断言する。

支部長に言われたように、レイラが大した精霊術を使えないのは本当だ。そんなレイラが竜の住処《すみか》に向かったとしても、ぺろりと食べられる未来しか想像できない。指名依頼の報酬は高額だが、命を懸《か》けるほどではなかった。

「それに、あの人なんか苦手」

グレッグ個人が苦手というよりも、レイラは集団に囲まれている人が苦手だ。集団でいると、昔からろくなことがない。


レイラは協会を出た後、家に帰ってなにか食べることにした。

薬屋に代金を取りに行こうと思ったが少々気疲れしていたので、その前に腹を満たして気力を取り戻すつもりである。確か台所に固パンが少し残っていたはず。ちなみにこの固パンは、薬屋の店主からの支援物資だ。

そうして帰った家の前では、大家のおばさんが仁王立《におうだ》ちしていた。

「待ってたよ」

「ひぃっ！」

速攻で後ろに方向転換して、ニヤリと笑ったおばさんから逃げようとしたが、おばさんの眼光の鋭さに身体が動かない。

「レイラ、溜まった四カ月分の家賃、そろそろ払ってくれるだろうね？」

ドスのきいた声で、おばさんが言った。

「……えっと」

家賃を催促され、レイラは冷や汗をかく。そんな金が手元にあれば、そもそもあんな臭《くさ》い獣除《けものよ》けの薬を作っていないし、毎日固パンばかり食べていない。

「あたしゃ、あんたのお師匠様に頼まれているから、こんなボロ屋をアンタに貸しているんだ。本来なら壊して建て替えるつもりだったものを、格安でね」

「……そうですね」

レイラはおばさんを前にして縮こまる。

「あんたがお師匠様に連れられてこの街へ来た時、あのお人に子供の世話ができるのか心配したもんさ。研究に没頭するお師匠様に放っておかれて腹を空《す》かせていたあんたに、いつも飯《めし》を食わせてやったのは、このあたしだよ」

「ごもっともです」

師匠と古い付き合いらしいおばさんの話に、レイラはますます縮こまる。今のレイラがあるのは、間違いなく薬屋義母子《おやこ》のおかげだ。

「あのお方も生活力に不安がある人だったよ。どうして弟子っていうのは、似なくていいところが師匠に似ちまうのかねぇ」

おばさんの愚痴《ぐち》を聞く間も、レイラは必死に逃げ口上を考えていた。

自分でも四カ月分の家賃は溜めすぎだと反省しているが、払えないものは仕方ない。薬屋で受け取るはずの報酬でも、纏《まと》め払いは無理である。

このままではさすがに追い出されるかもしれないけれど、今の収入でも借りられる家はここしかない。そうなると、レイラにはいよいよ住むところがなくなってしまう。

——どうする、どうする⁉

このピンチをどうやって切り抜けるべきか、レイラが知恵をぎゅうぎゅうに絞っていると——

「その四カ月分の家賃、いくらだ？」

レイラの頭上から男の声が降ってきた。驚いて振り返ると、そこには先程協会で別れたはずのグレッグがいた。

「……まぁ」

おばさんは、男前なグレッグの姿にぼうっと見入っている。そんなおばさんに、グレッグはじゃらりと音を立てて無造作に革袋を差し出した。

——え、なにそれ、お金？

たくさんの硬貨がこすれ合っているらしき音に、レイラは一瞬呆然とする。どれだけのお金があれば、あんな重たい音がするのだろうか。

「これで足りるか？」

グレッグの言葉ではっと我に返ったおばさんが、差し出された革袋を恐る恐る受け取った。そして、その中身を確認すると、くわっと目を見開く。

「足りるどころか、大量のお釣りがきますよ！」

金切り声を上げたおばさんは、興奮のあまり目玉が飛び出そうな表情をしていた。革袋には、よほどの大金が入っていたようだ。羨《うらや》ましい、一度驚くほどの大金を受け取るという状況を経験してみたい。

――って待って、どうしてあいつが家賃を払うの。

脳内で金貨が踊っていたレイラは、ここでようやく正常に戻った。

「では、ここから家賃分を取ってくれ。こいつには俺が指名依頼をしていてな、依頼料の先払いだ」

グレッグが勝手に話を進め、協会でうやむやにした件を蒸し返している。しかもレイラが了承した形で。

「ちょい待ち……」

「まあ、レイラに指名依頼！　明日は槍でも降るんじゃないかい!?」

指名依頼を受けた覚えはないとレイラが断ろうとするも、おばさんはすでに革袋から金を取ってしまった。しかも、ちょっと多めに。

「こんな大金を持つことなんて、金輪際《こんりんざい》ないだろうねぇ」

おばさんはそう独《ひと》り言《ご》ちると、革袋をグレッグに返す。そして先程の迫力をどこかへ消し去って、輝かんばかりの笑顔でレイラを見やる。

「やったじゃないか、頑張るんだよレイラ！」

お金を得てホクホク顔のおばさんから、今までかけられたことのない励《はげ》ましの言葉を貰った。

『お金ってすごいね～』

呑気《のんき》に言うルーナに、レイラも同意見だ。世の中とは、かくも世知辛《せちがら》くできているのか。

「それじゃあ、あたしゃこれで」

おばさんが弾むような足取りで去っていく。そして、その場にはレイラとルーナ、グレッグが残された。

グレッグは、男前の顔を不機嫌に歪《ゆが》めた。

「まったくお前よぉ、俺をあの集団の中に置き去りにする奴があるか！　うぜぇだろうがよ」

グレッグはそう文句を言うと、レイラの頭をガシッと掴んだ。力が籠《こも》っていてそこそこ痛い。

グレッグにとって、あの協会の精霊術師たちは相当うっとうしかった様子である。レイラだって同様に思ったから、早々に逃げ出したのだ。

痛いのは嫌なレイラは、すぐに逃げて頭を庇《かば》った。それを見て、グレッグがニヤリと口の端を上げる。

「ともあれ、依頼料は一部前金で払った。これで依頼成立だな？」

グレッグにそう言われて、レイラは改めてそのことに気が付いた。ここ最近ずっと依頼を受けていなかったので、依頼金などの仕組みに鈍《にぶ》くなっているのが災《わざわ》いした。協会への仕事の依頼は、料金は前金もしくは一部内金払いで完了するのだ。

——あぁぁ、私って馬鹿！

今からおばさんを追いかけても、お金を返してくれるはずもない。己の不甲斐《ふがい》なさに、レイラはがっくりと頭を垂れた。

「ま、よろしく頼むわ」

軽い口調でそう言ったグレッグが、レイラの頭をぐしゃぐしゃと撫《な》でた。

暑い中、路上で立ち話をしているのもなんだと、グレッグが場所の移動を提案する。話をするのに最適な場所だと連れて行かれたのは、酒場だった。

「酒場、入ったことない」

レイラは初めての場所を興味津々《きょうみしんしん》で見回す。真っ昼間だというのに、酒場には数人の客がいた。

——おぉ、昼間っから酒なんていいご身分！

すでに仕事を終えた人たちなのかもしれないが、昼間から遊んでいられるなんて、憧れる暮らしである。

酒場をマジマジと観察するレイラに、グレッグが尋ねる。

「お前いくつだ？」

「十八歳」

嘘をついても仕方ないので、レイラは素直に答えた。ちなみに、この国の成人は十六歳だ。

「じゃあ酒は飲めるな」

レイラの年齢を聞くと、グレッグはさっさと店主に酒と料理を注文した。すぐにレイラとグレッグの前に、酒がなみなみと注がれたジョッキが置かれる。

「まずは、無事にお前を雇えたことに乾杯だな」

グレッグがそう言って、自分のジョッキを持ち上げる。だがここで、レイラが異議を唱えた。

「乾杯拒否」

乾杯とは、嬉しいことに対してするものだということくらい知っている。しかし今回の指名依頼は、レイラにとってはちっとも嬉しくないことだ。嬉しくないのに乾杯なんて、理不尽極まりない。

ぷうっと頬を膨らませるレイラに、グレッグがこめかみをひくつかせた。

「可愛くねぇなぁ、お前……」

そう言ったグレッグは、強引にレイラのジョッキに自分のジョッキを合わせる。

——ちょっと強引な男に女は弱いとか、思わないことね！

レイラは、こちらの気持ちを汲《く》むことなく事を進めたグレッグにムッとしつつも、乾杯してしまったことは仕方ないと諦めた。手に持った酒をちびりと舐《な》めてみたものの、苦くてあんまり美味《おい》しくない。

「まずは改めて自己紹介だ」

酒を一口飲んだグレッグが言った。

「俺はグレッグ、森の国ファビオ出身の旅の剣士だ。今回はさるお方からの依頼で火山に行くことになって、ここに寄ったってわけだ。よろしくな」

グレッグが簡単に経歴を述べた。レイラが無言で頷いていると、グレッグに促《うなが》される。

「……で、お前は？」

「精霊術師のレイラ。これルーナ」

短く名乗ったレイラは、袖からちらりと顔を出して酒を気にしているルーナも紹介する。

「出身は？　お前はドラート人じゃねぇだろう」

「知らない、孤児だから」

間がいいのか悪いのか、ここで料理が運ばれてきた。

「はい、お待ちどうさま」

料理を見たレイラは目をきらめかせつつも、よだれが出そうになるのをぐっと堪《こら》える。

――ここ数日、固パンしか食べていない胃袋が刺激される！

料理をガン見しているレイラの前で、グレッグが驚いていた。

「ここの飯《めし》は、豪華だな……」

なにをそんなに驚いているのか知らないが、レイラとしてはそんなことよりも確認すべきことがある。

「このお金、誰が払うの」

料理とグレッグを見比べるレイラは、待てを命令された犬の気分だ。その様子を見て、グレッグが苦笑した。

「……奢《おご》ってやるよ。家賃も払えねぇお前に、金があるわきゃねえもんな」

グレッグの男前な発言に、レイラは表情を輝かせる。

「いただきます！」

『よかったね、レイラ』

元気になったレイラに、ルーナも嬉しそうだ。

食事に夢中になるレイラに、グレッグが今回の依頼について説明を始めた。

「俺がやりたいのは竜の卵の採取だ。けれど竜の卵をかすめ取ってくるだけで、竜と戦いたいわけじゃない。親竜に見つかった場合は、とっとと逃げる。お前にはもし竜に見つかって襲《おそ》われた時に、水で炎の息の熱を和《やわ》らげてほしい」

火山に生息する竜は火の精霊の加護を持っていて、炎を纏《まと》わせた息を吐いて攻撃する。竜に挑む者は、大半がこの攻撃でやられてしまうのだ。

竜と正面からやり合う力を期待されているのかと思いきや、レイラの役目は熱さましが主のようだ。それがわかったレイラは少し肩の力を抜いた。そのくらいなら自分にもできる。

「あとは飲み水だな。今この国で飲み水を確保するのは、容易ではない。その点、お前といると心配しなくていい」

確かにレイラといれば水には困らない。水の精霊術で水筒いらずだ。

「あと、準備するのは、食料――」

「お金ない」

食べるのに忙しくて、これまで相槌《あいづち》すら打たなかったレイラが速攻でツッコミを入れると、グレッグが微妙な顔をする。

「……は、俺が買うか。じゃあお前が用意するのは、自分の着替えだけだな」

こうして今回のレイラの旅の荷物は、なんとも身軽なものとなった。

出発は明後日《あさって》の朝と決めたところで、打ち合わせは終わり。

グレッグがふと料理に視線を向けると、そこには食べ尽くされたあとの皿だけが残っていた。

「あー！　てめぇ、なに一人で全部食ってんだよ!?」

料理が全てなくなっていることに、グレッグが愕然《がくぜん》としている。

「ふぁへふぁいほ（食べないの）？」

グレッグの非難に、レイラは口をもぐもぐさせつつ尋ね返した。気付かないグレッグが間抜けなのであって、レイラは絶対悪くない。

『レイラ、口の中のものを呑み込んで喋《しゃべ》ろうよ』

食べながら喋ったことを、ルーナに窘《たしな》められた。マナーにうるさい精霊である。

「ごっくん。久々のまともなご飯、美味《おい》しい」

生き返る心地とは、まさに今のレイラの気分を言うのであろう。

「俺だってドラート国に入ってからずっと、ロクな飯《めし》を食ってねぇよ！」

満ち足りたため息を漏《も》らすレイラとは対照的に、グレッグは怒りの形相である。しかし、お腹がいっぱいで幸せなレイラには、その怖さも半減だ。

「こういうのは、食べたもの勝ち」

余裕の笑みすら浮かべるレイラに、グレッグは唸《うな》る。

「店主、追加の料理！」

グレッグは怒鳴りながら注文してジョッキを掴んだが、妙に軽くて首を傾げた。ふと視線を巡らせると、テーブルの上で伸びている白蛇がいる。

『このお酒美味《おい》しかった』

満足そうにルーナが言った。いつの間にかルーナは、二人のジョッキの酒を飲み干していたのだ。水の精霊は酒を好むため、彼らの目の届くところに酒を放置するとこうなる。

「……酒も追加」

「あ、私ミルク」

レイラはちゃっかり自分の飲み物も追加した。

竜の卵についての話が終わってお腹いっぱい食べたら、レイラは酒場に用はない。追加のミルクを飲み干して口を開く。

「もう帰っていい？」

「お前は……」

食事をたかるだけたかって帰るつもりのレイラに、グレッグは呆れ顔をする。

「明後日《あさって》の朝、街の門が開く時間に集合だから遅れるな」

集合時間を言い渡され、レイラは無言で頷いた。

こうしてグレッグと別れたレイラには、やるべきことがあった。今度こそ薬屋に戻って、獣除《けものよ》けの薬の代金を貰うのだ。

薬屋に向かう途中、レイラは道行く人からじろじろと見られているのを感じた。ひそひそと噂《うわさ》をされているようでもある。

「……？」

悪い意味で注目を集めるのはいつものことなのだが、その視線の種類がこれまでとは違う気がして眉をひそめた。

――なんかジロジロ見て、嫌なカンジ。

普段なら皆、レイラを見ても「不気味なものを見た」と言わんばかりにさっと視線を逸らすのだ。なのに今は、どこまでも視線が追ってくる。しかも、なんだか悪意が籠《こも》っている気がした。

『どうかしたの？』

周囲を窺《うかが》うレイラに、ルーナが声をかける。

「……なんでもない」

そう答えたものの、視線を避けるため、レイラはいつもよりずいぶんと早足で薬屋に向かう。その結果、薬屋に到着した時にはレイラの息は上がっていた。

「……どうも」

ドアをくぐるなりへたり込んで肩で息をするレイラの姿に、店主は訝《いぶか》し気な顔をした。

「何事？」

「……ちょっと、コップ」

レイラは店主の疑問に答えずにコップを要求する。店主は話にならないと理解したのか、素直にコップを出してきた。

「《水の玉》」

レイラは手のひらに収まる程度の水の塊《かたまり》を生み出すと、受け取ったコップに落としてぐっと呷《あお》る。

「ふー……」

水を飲んでようやくひと心地ついた。

「今日はずいぶんと慌ただしいな」

店主は苦笑して、コップを回収する。

「好きでやってるわけじゃない」

床から立ち上がったレイラは、店主に文句を言った。息切れしてやって来た割には元気そうなレイラに、店主は目を細める。

「こってり絞られてきた、ってわけでもなさそうだ」

「なにそれ」

レイラには、店主がなにを言いたいのかわからない。

「だってなぁ？」

店主曰《いわ》く、レイラを連れて行った協会の男の剣幕からして、相当いびられて帰ってくると思っていたらしい。そう言われてレイラも納得する。

――まるで強制連行だったもんね。

レイラは満腹で幸せなおかげで、協会の男との些細《ささい》ないざこざはすっかり忘れてしまっていた。

「過去はどうでもよくなった」

「そうかい」

現在の気持ちを端的に言葉にしたレイラに、店主は肩を竦める。

ともあれ、獣除《けものよ》けの薬の代金を貰えた。ようやくちょっと纏《まと》まったお金が手に入り、レイラは小さく拳《こぶし》を握る。

『よかったね、レイラ』

そんなレイラの様子に、ルーナも喜ぶ。精霊は人の営《いとな》みに関心が薄いので、お金が手に入って喜ぶ精霊は普通いない。レイラと一緒にいるせいで、ルーナは他の水の精霊よりも金にがめつくなっている。

それにしても、この売上金がもう少し早く手に入っていれば、グレッグに家賃を払ってもらうこともなかったのに。

そう考えたレイラはすぐ首を横に振った。

――いや、そうでもないか。

この金額では四カ月分の家賃にはならない。それに、今まで我慢していた食べ物代に消えたかもしれない。結局、グレッグに支払ってもらうことになったのだろう。きっと自分はお金に不自由する運命なのだと、レイラは己の不幸を嘆《なげ》くのだった。

「できれば、追加でもう少し作って欲しいんだが」

そんなレイラに、店主が獣除《けものよ》けの薬の追加注文をしてきた。だが生憎《あいにく》、今のレイラに薬を作っている時間はない。

「明後日《あさって》の朝、旅に出る」

レイラの説明になっていない言葉に、店主は目を瞬《しばた》かせた。

「じゃあ話は本当だったのか。レイラ、あの高名なグレッグ様に指名されたんだって？」

レイラは驚く。グレッグが有名人らしいのはうすうす察していたが、店主にまでこの話をふられるとは、思ってもいなかった。

――みんな、そんなにグレッグに興味あるの？

レイラの表情を見た店主が、ため息をつく。

「鈍《にぶ》いなぁレイラ、お義母《かあ》さんも噂《うわさ》のお方に会ったって、そりゃあ大はしゃぎさ。街中の人間が知っているはずだぞ」

店主が言うには、街は「あのグレッグ様があのレイラを指名した」という話で持ち切りらしい。

それを聞いて、レイラは首を傾げる。

「……高名、なの？」

不思議そうな顔をするレイラに呆れつつも、店主は、グレッグという剣士がいかに有名か教えてくれた。

なんでもグレッグは大陸で一番の剣士と名高く、あちらこちらに伝説が残る人物なのだとか。

「そのグレッグ様の二つ名が、『魔物殺し』さ」

その名がついた謂《いわ》れを店主が語るには――

ある街を魔物が襲《おそ》った。だが、街の兵士では太刀打《たちう》ちできず、国に討伐要請を出した。しかし討伐隊が到着するまで魔物が待ってくれるわけもなく、街の被害は拡大する一方。

そんな時ふらりと現れたグレッグが、単独で魔物を討伐してしまったのだ。

「ふーん」

眉唾《まゆつば》ものの話に、レイラは気のない相槌《あいづち》を打つ。

――どこの英雄物語よ、それ。

反応の薄いレイラに、店主が苦笑した。

「まあ、グレッグ様は強いから安心だっていう話だ」

店主はそう話を締めくくる。とにかくグレッグが有名人であることは、レイラも理解した。

となると、ここへ来る道中で感じた視線は、レイラがグレッグの依頼を受けたことを聞いた連中のものだったのかもしれない。協会でも他の精霊術師が自薦《じせん》していたくらいだ。有名人と一緒に旅をすることへの妬《ねた》みをこめていた人もいるだろう。

――嫉妬《しっと》、この私が嫉妬された！

初めての経験に感動する一方で、面倒だなと思ってしまう。

「諦めるこった」

店主はレイラの考えがわかったらしく、そう言ってレイラの頭を叩いた。そして、ふと思い出したように真面目な顔をした。

「魔物っていえば、火山に行くなら気を付けろよレイラ。あそこは今魔物が出るらしいから。まあグレッグ様がいれば大丈夫だろうけどな」

目的地まで知っている店主に、レイラは目を見張る。

「魔物が出るの？」

「そうらしい。だから最近火山へ行く奴がいなくなって、火トカゲの干物が手に入らない」

店主の愚痴《ぐち》交じりの話を聞いて、レイラは渋い表情を浮かべた。

精霊が世界の理《ことわり》を外れて歪《ゆが》んでしまうと瘴気《しょうき》を発するようになる。魔物とは、その瘴気によって動物が変異したものだと言われていた。魔物化した動物は正気を失い、手当たり次第に攻撃してくるのだ。

レイラは魔物と出会ったことはない。だが、魔物はとても手強く、先程のグレッグの昔話のように、軍で討伐すると師匠に聞いたことがある。

――軍が火山に向かったって話は、今まで聞いたことがないんだけど？

協会に行った時だって、精霊術師らは誰がグレッグの供になるかということばかりを話題にして、火山に魔物が出るなんてことを話していなかった。

「どうして噂《うわさ》にならない？」

レイラの疑問に、店主はしたり顔で答えた。

「そりゃあ、この街の協会が必死に隠しているからさ」

「隠すって、協会にそんなことできる？」

店主の答えに、レイラはなおも疑問をぶつける。治安問題は街の長《おさ》の仕事のはずだ。

「今の支部長の実家は、どこぞの金持ちらしい。金を握らせて街の長を黙らせたんだろうよ」

幸いなことに魔物は火山から降りてこないので、周辺の村に被害は出ていないそうだ。

「火の精霊王様のお膝下《ひざもと》に魔物が出るなんざ、連中の沽券《こけん》に関わるんだろうさ。協会が火山の手前に陣取って、誰にも立ち入らせないようにしているんだと」

火山に行く者がいないのは、協会が追い返しているせいでもあるそうだ。

――それって人を守るため？　それとも世間体を守るため？

こんな疑問を店主にぶつけても困らせるだけだ。だから違うことを尋ねた。

「隠している話を、どうして知ってる？」

協会の事情に妙に詳しい店主に、レイラは不思議そうな眼差しを向ける。

「こういう話は、どっからか漏《も》れるもんさ」

店主は肩を竦めた。ちょっと情報に詳しい者なら知っている話なのだそうだ。情報に全く詳しくないレイラはため息を漏らす。

どうにも、火山への旅は面倒臭いことになる予感がする。どうしてこの依頼を受けることになってしまったのだろう。何度も自問したが、今さらどうしようもなかった。

＊＊＊

レイラがお腹いっぱいになったと言って帰った後、グレッグは一人酒場に残って飲んでいた。

彼の生まれた一族は、ファビオ国で代々軍に所属しており、そのためグレッグも幼い頃から戦いに接してきている。

しかし、軍にはグレッグの抜きんでた技量に嫉妬《しっと》する者が多い上、彼自身も集団行動になじめない性質だった。これらの理由で早々に軍を辞めた彼は、家族に勧められて見識を広める旅に出ることにしたのだ。

その旅の途中に寄った湖の国レティスで、グレッグは王家から仕事を頼まれた。

レティスの幼い王子は、病弱で長生きできないだろうと医者に言われている。けれど、王妃は新たな子を望める身体ではなく、国王も唯一の王子である息子を失いたくない。

国王夫妻が病弱な王子の薬として縋《すが》ったのが、生命力の漲《みなぎ》る竜の卵だというわけだ。いろいろな事情があり、グレッグはこの仕事を受けることになった。

竜の卵を求め、ドラート国へやって来たグレッグは、火の精霊王に最も近い街として賑わいを見せるここ、フェランでレイラに出会った。

――あんな奴、会ったことねぇな。

グレッグは先程まで黙々と食べていた娘の姿を思い出す。色白の肌に黒い髪で、紺《こん》色の目というレティス人のような外見をしている無口で陰気なレイラ。彼女はなんともマイペースな性格らしく、周囲からの嫌味にも飄々《ひょうひょう》としていた。

極端に口数が少なくて、ついさっきまでの会話だって成り立っていなかった。グレッグにとっては少々、いやかなり苦手な相手だ。

最初、レイラはレティス国からの流民なのかと思っていたが、あの世間知らずな様子ではそれは考え辛い。なにせ、フェランの街の外の情勢を全く知らないようなのだ。

レイラについて考えていたグレッグは、ふとこの街の協会のことを思い出す。

あの協会の精霊術師らは、火の精霊術を使わない者は精霊術師ではないという勢いだった。

それともレイラが水の精霊術を使うがゆえに、ああも過剰な反応をしているのだろうか。火の精霊と水の精霊は、相性が悪いと聞いたことがある。

そんな事情を踏まえたとしても、レイラが去った後の協会の連中の言いぐさはあんまりなものだった。みんながレイラを悪し様《あざま》に言い、誰も彼女の味方をしようとしない。

ドラート国が閉鎖的な体質なのは知っていたが、フェランの街の人間はさらに酷い気がした。

この国は火の精霊王が住まう土地として、精霊王のいない国よりも発言力が強い。それは他の精霊王が住まう国でも同じなのだが、特にドラート国は山脈にぐるりと囲まれているため、外から攻め入られにくい。

そんな立地もあり、他国の侵略を受けることなく長い間成り立っている国だから、よそ者への警戒心が強くて自尊心が高いお国柄なのだ。

それでも協会の連中がレイラを嫌う度合いは異常である。条件に合う精霊術師はレイラしかいないというのに、それを曲げて他の精霊術師を押しつけようとした。協会の連中には、レイラに活躍されると困る事情でもあるのだろうか？

――こいつぁ、面倒な依頼を受けちまったか？

グレッグがそんなことを考えながらちびちびと酒を飲んでいると、酒場のドアが音を立てて開いた。

「グレッグ様！」

グレッグを見つけて歓声を上げたのは、朱色の上着を着た娘だ。

「げ……」

その姿を見たグレッグは、あからさまに嫌な顔をした。

「探しましたよ、グレッグ様」

そう言って長く伸ばした赤毛をかき上げ色っぽさを演出する彼女は、協会でさんざんグレッグに絡んできた精霊術師だ。年の頃は恐らくレイラと同じくらいだろう。

「もう、酒場に行くなら声をかけてくださいよぉ。私がお酌《しゃく》しますから」

だが、グレッグは娘の言葉を無視して酒を呷《あお》る。それなのに、娘は先程までレイラが座っていた席に勝手に座った。

「……うぜぇ」

グレッグが唸《うな》るように呟くと、娘は一瞬びくっと身を竦めるが、すぐににっこりと微笑《ほほえ》む。しかし、その微笑みは少々引きつり気味だ。

無理してまで座るなと言いたいが、もしかするとあの太った支部長あたりに「なんとしてもレイラから指名依頼を奪い取れ」とでも言い含められているのかもしれない。事実、支部長はこの娘を何度も勧めてきた。

グレッグが相手にしなくても気にせず、娘はテーブルにあった酒の瓶を取ってジョッキに注ぐ。酒に罪はないものの、グレッグは注がれた酒を飲む気にならない。

そんなグレッグに、娘はもたれかかってきた。

「グレッグ様、どうかもう一度、冷静になって考えてくださいな。水の精霊術しか使えない役立たずを連れて行くよりも、上級の攻撃の術を使える私の方が、きっとグレッグ様のためになりますよぉ」

娘はしなをつくり、言葉を重ねる。

「私だったら、夜の寂しさだって慰《なぐさ》められますし。あのレイラじゃあ、そういう気分になりませんでしょう?」

そう言った娘はグレッグの空いた手を取り、そっと己の胸元に忍ばせた。

その勝手な言いぐさに、グレッグは暴言を吐きそうになるのをぐっと堪《こら》える。

今までの経験から考えるに、こういうことを言ってくる女ほどあとで面倒臭いことになる。今夜だけでいいという言葉を鵜《う》呑《の》みにすると、次の日から嫁気取りで隣に居座る類《たぐい》の女だ。

グレッグの無言を都合良く解釈したのか、娘は話を続ける。

「グレッグ様は知らないでしょうが、今の火山は危険なんです。無力な子供連れで遊びに行くのは無理ですよ」

優越感に浸《ひた》りながら話す娘に、グレッグの苛立ちは募《つの》る。こういう上から目線で話をする輩《やから》は嫌いなのだ。

グレッグは、己の手を娘から強引に取り戻した。その乱暴な仕草に、娘は目を丸くする。容姿もそこそこ良い娘だ。恐らく協会でちやほやされていて、乱暴な態度を取られたことがないのだろう。

「……そうか。今、火山には魔物が出ると聞く。その魔物らも、俺が戦わずともお前が一人で全て倒してくれるというんだな？」

グレッグは低い声で娘に尋ねる。

「……っ、そうですとも！」

魔物と聞いて一瞬怯《ひる》んだ娘だが、すぐに笑みを浮かべて頷いた。

だが、グレッグはそんな娘を鼻で笑う。

「嘘つけ」

「嘘などでは……！」

強気な態度で取り繕《つくろ》おうとする娘を、グレッグは冷たい目で見つめる。

「魔物がお前らでどうにかなるなら、火山の魔物はとっくに殲滅《せんめつ》されている。それができないから、火山への立ち入りを協会で規制しているんだろうが」

「……それは！」

グレッグが火山の現状を知っていることに驚いたのだろう、娘は固まった。

旅人が仕事を引き受ける際、入念な下調べは必須だ。騙《だま》されて危険な場所に行くのを避けるためである。旅人を囮《おとり》にして、その隙に自分たちの用事を済ませ依頼料を反故《ほご》にするなんてことは、常に起こりうるのだから。

この竜の卵の採取は高貴な方からの依頼であり、断ることなどできなかった。ゆえにグレッグは、必要な情報を自身でもちゃんと調べていた。

十数年前、火山で火の精霊王と水の精霊王が激しい戦いを繰り広げたこと。これが原因で、火の精霊王の力が弱体化しているらしいこと。精霊王同士の戦いの影響で、火山に魔物が多数出没するようになったこと。それに対処しきれない協会が、火山への立ち入りを禁止したこと。

これらの情報を、協会にいた誰もが口にしようとしなかった。この街の協会は、火の精霊王の住まう火山に魔物が出ることを汚点だと思っている。そのため知られたくなかったのだろうが、そのせいでグレッグを危険に導いているという意識はないに違いない。

火の精霊の加護の強い土地に生息しているのだから、当然それらの魔物は火の精霊の力に耐性を持っているはず。だからこそ水の精霊の力が必要なのだ。

当初の予定では、グレッグは協会で水の精霊術師について語るつもりはなかった。水の精霊術師が必要だったのは確かだが、この街に水の精霊術師がいることを、協会で尋ねずとも事前に知っていたからだ。

——この街の水の精霊術師に会うこと自体も、別件の依頼だしな。

グレッグが多少強引なやり方でレイラを丸め込んだのは、レイラでなければならない理由があったためだった。

よって、協会へ顔を出したのは、精霊術師を紹介してもらうためではなく、火山への立ち入り許可を得ることが目的だった。

だが、火山に立ち入るにあたって精霊術師の同行を求めた支部長が、目の前にいる娘を強く勧めた。それを避けようとして、仕方なくレイラの名前を上げたのだ。

まさかレイラが速攻で断る態勢に入るとは、思ってもみなかったが。

グレッグは今、協会に黙って火山へ入ればよかったと後悔している。筋を通さないと面倒になるかと思ってのことだったが、筋を通した方が面倒な展開になってしまった。

「俺は水と火の精霊のどっちが強いかということには興味ねぇし、お前らの信条をどうこう言うつもりもねぇ。しかし物事には適材適所ってもんがある。火山の竜の住処《すみか》に向かうのに、火の精霊術を使う奴を連れて行ってどうするよ。役に立たねぇだろうが」

役立たずとだと断言されて、娘は怒りで顔を真っ赤にした。

「ぶ、侮辱《ぶじょく》です!!」

他人をこき下ろすのには慣れていても、自分がこき下ろされるのには慣れていないらしい。娘の非難を相手にせず、グレッグは冷たく言い放つ。

「事実だ。俺の仕事には水の精霊術がいる。ただそれだけだ。お前のつまんねぇプライドで俺の邪魔をするんなら、こっちだって考えがあるぞ?」

グレッグが拳《こぶし》を固めてテーブルを強く殴ってみせると、娘は「ひっ」と小さく悲鳴を上げて、足早に酒場から出て行った。

残ったのは、飲む気にならない酒だけである。

「あー、つまんねぇことに時間をくったじゃねぇか」

すっかり酔いが醒《さ》めてしまったグレッグは、店主に強い酒を注文した。

「何度来ても、この国の火の精霊至上主義はすげぇな」

酒を待つ間、グレッグはそう独《ひと》り言《ご》ちる。他の精霊王が住まう国も多少の傲慢《ごうまん》さは見えるものの、これほどではない。仕事とはいえ、グレッグはこの街に足を踏み入れたことを悔《く》いていた。

「グレッグ様、あまりこの国を嫌わないでくださ い」

騒動を見ていた酒場の店主が、追加の酒を持ってテーブルにやって来て、グレッグに語りかける。

「国っていうかよ、この街に入って嫌な奴ばかりに会うんだ」

グレッグはそう愚痴《ぐち》った。すると、店主は先程の精霊術師の娘のことだと見当をつけたのだろう。

「あの連中は特別ですよ」

店主はそう言って肩を竦めた。

「ここの協会は火山に一番近いですから。連中は火の精霊王に最も近しい精霊術師であるというのが自慢なのです。私も仕入れでドラートのよその街に行きますが、そこの精霊術師たちはあれほどではありません。確かに火の精霊が一番でも、他の精霊術を貶《けな》すことはしませんよ」

この街の精霊術師が極端なのだと告げる店主に、グレッグは頷いて酒を受け取る。

地元の人間であっても、多少なりとも外と交流のある者からすると、この街の協会の連中のこだわりようは奇異に映るらしい。

「あいつらと付き合うあんたらも大変だな」

心底同情するグレッグに、店主は苦笑して答える。

「慣れていますので。それに、あそこまで連中が自分たちの立場を強調して、水を馬鹿にするのにも理由があるんですよ。ここ十年ほど火の精霊王の姿を見た者がいないという話です。どこか違う場所へ移ったのではないかと、協会の連中はみなピリピリしているんだとか。火の精霊王に最も近しい精霊術師として、ドラート国の協会でも高い地位を約束されている連中にとって、火の精霊王の不在は死活問題なんです。そのきっかけを作った、水の精霊王が憎いんでしょうね」

「……なぁるほど」

グレッグは苦虫を噛《か》み潰したような顔をした。協会の連中は火の精霊王の名前を出しているが、要は権力の問題なのだ。それに巻き込まれる者からすれば、ろくなものではない。

「そんな非常事態だったら、もっと街中がピリピリしていそうなもんだ。なのにこの街の住人は、よその街の奴らと比べて、のんびりしているな」

「ああ、やはりそう思いますか」

グレッグの疑問に、店主は少し声を潜《ひそ》めて答えた。

「ここ数年、旅人がこの街に来なくなりましてね。そのせいで、街の住人には外の情報が入り辛いのです。その上、街の出入りに協会が口を出しています。私のように買い付けで外へ出る者は、外の情報を安易に街中で喋《しゃべ》らないように注意を受けるのです」

「なんだよ、それ」

店主の話に、グレッグは街に入った時のことを思い出す。そういえば、妙に厳重な取り調べをされ、「なにをしに来たんだ」と言わんばかりの態度をとられた。どうやらあれは、協会筋の人間だったようだ。恐らく、魔物の話が広まって協会が批判されるのを防ぎたいのだろう。

「確かにドラート人は基本、よそ者をあまり好みませんが、今の協会の態度は同じドラート人からしても、ちょっと行きすぎな気がしますね」

そんな風に語る店主に、グレッグは眉を上げた。

「いいのか？　俺にそんなことを喋って」

「かの高名なグレッグ様への、サービスですよ」

ふふっと店主が笑った。

＊＊＊

出発の朝、レイラは街の門に向かっていた。

「あふ……」

現在、まだ夜が明けたばかりの時刻である。

『寝ちゃダメだよ、レイラ』

眠さのあまりゆらゆらと頭を揺らすレイラに、背負っている鞄の上からルーナが注意する。

昨日は実に散々な日だった。協会の精霊術師がひっきりなしにレイラのもとへやって来たのだ。

「身の程知らずなことを考えず、大人しく身を引け」というのが、やって来る連中に共通する言い分だった。

だが、グレッグとの契約がなされた以上、レイラの方からそれを反故《ほご》にするわけにはいかない。

――そんなことしたら、違約金が発生するじゃないの！

だから、文句はグレッグに言いに行けと返したものの、お前から降りると言えと喚《わめ》かれる始末。

普段から威張《いば》り散らしている協会の連中が、自分の思い通りにならないからと癇癪《かんしゃく》を起こしている姿は、実に滑稽《こっけい》だった。

――ちょっと、いや、かなりいい気味だわ！

レイラがそんなことを考えながら大欠伸《おおあくび》をして歩いていると、門の前にグレッグが立っているのが見えた。門には見張りの兵士がいるはずなのだが、何故か見当たらない。

――門番が寝坊とか？

なんにせよ、門は開いているので良しとしよう。

「ようし、遅れずに来たな」

レイラの姿を見て、グレッグがそう言った。

「……眠い」

普段ならばまだ寝ている時間だ。レイラは文句を口にして目を擦《こす》る。

「なんで、こんなに早くに出発？」

未だ眠気が覚めないレイラは、グレッグにさらに文句を言う。

「涼《すず》しい朝のうちに進んで、昼過ぎには泊まる予定の村へ到着したいってのが一つ。協会の連中が諦めずに押し売りして来る前に、とっととずらかろうっていうのがもう一つだな」

そう告げたグレッグが重ねて説明するには、グレッグのもとにも昨日の夜まで協会からひっきりなしに使いが来て、レイラと交代させろと繰り返していたらしい。

「この仕事は、結構な大物から頼まれたものなんだよ。あんな浮ついた気持ちで来られても困るってもんだ」

グレッグも相当嫌な思いをしたのか、しかめ面で言った。

レイラはあれから協会に顔を出していないので、どういう話になっているのかわからない。だが、有名人のお供をしたいというだけの理由にしては、少々しつこすぎる気がした。

「お前、恨まれてるのか？」

グレッグも同じ疑問を抱いたのか、そう問いただしてくる。

「知らない」

レイラはそっけなく返した。嫌われているのは確かだが、ここまでされる理由なんて検討もつかない。

——アイツらはなにがしたいんだか。

だが、わからないものを考えていても仕方がない。

「まあこの話はいいとして、忘れ物はないか？」

準備について聞いてきたグレッグに、レイラは背負っている鞄を見せる。

「着替えしか入っていない」

一昨日《おととい》の話し合いで、レイラが持っていくのは着替えだけとなったので、荷物は軽いものだ。最悪、着替えがなくとも洗えばすぐに乾くと思って、本当に必要最低限しか入れていない。それに大きな荷物になると、正直背負って歩ける気がしないという事情もあったりする。

——なんてったって、普段引き籠《こも》ってるからね！

体力のなさには自信があるレイラだった。

「……そうか、女の旅ってのは、荷物が多くなるもんだけどな」

ぺしゃんこの鞄とレイラの姿を見比べて、グレッグが微妙な顔をした、その時——

「おお、いたいた」

街の方から聞き覚えのある声がして、レイラはそちらを見やる。

「あ……」

こちらにやって来ているのは、薬屋の店主だった。

「お前の知り合いか？」

「お世話になってる薬屋の店主」

自分と同じ方向を見て尋ねてきたグレッグに、レイラが答える。

——でも、どうしてここに？

わざわざ店主が見送りに来る意味がわからない。レイラが首を捻《ひね》っていると、二人のところまで店主がやって来る。

「旅をするっていうのに、軽そうな荷物だな。思った通りだ」

レイラの鞄を見て、店主は呆れた様子でため息を漏《も》らすと、手にしていたものを差し出した。

「なにこれ」

「小鍋をやるよ。水を溜めるにも便利だし、お前ならこれで料理だって作れるだろう。持っていて損はない」

小鍋といっても、大ジョッキ一杯ほどの水が入る大きさのものだった。確かに道中、水を溜めたり料理をしたりするのに便利そうだ。

「……重い」

ボソリと零《こぼ》したレイラに、店主は革袋も差し出した。

「筋肉痛の軟膏《なんこう》を入れてある」

レイラが革袋の中を覗くと、確かに軟膏の入れ物が複数入っている。

「レイラは引き籠りの体力無しだからな、筋肉痛の薬は絶対にいるぞ」

反論できないレイラは、素直に革袋を受け取った。

「それから、お義母《かあ》さんからの弁当」

最後に差し出された荷物に、レイラは目を瞬《しばた》かせる。

「レイラの精霊術師としての初依頼だから、お祝いだとさ」

そう言われ、レイラは驚きで眠気が吹っ飛んだ。

いつも家賃の攻防を繰り広げている大家のおばさんから、まさかお祝いを貰うとは。

呆然とするレイラが持っている小鍋と革袋の上に、店主は弁当を載せる。

「お義母《かあ》さんの伝言。『うちの家を住人死亡のため空き家なんていう不吉物件にするな』だってさ」

「……わかった」

くどくどと文句を言うおばさんの顔が脳裏に浮かび、レイラは口元をほころばせた。

『あのおばさん、いい人だね』

「そうね」

ルーナの感想に、レイラも素直に頷く。

レイラが貰ったものを鞄に詰め直していると、店主がグレッグに話しかけた。

「グレッグ様、レイラはちょっと抜けているところがありますから、ご注意ください」

「……そんなことない」

店主の酷い言いぐさに、レイラは抗議の声を上げる。しかし、グレッグはレイラをじっとりと見ると、深く頷いた。失礼な男だ。

荷物は無事に鞄に収まった。少し嵩張《かさば》ったそれに、レイラは顔をしかめる。

「重くなった」

「そのくらい頑張れよ。それでも普通の旅の荷物より断然軽いんだから」

文句を言いたそうなレイラを、店主が諭《さと》す。

「それからレイラ、火山で火トカゲを捕まえてきたら買い取るぞ」

「うん、わかった」

ちゃっかり商売の話をする店主に、レイラはいつもの調子で手をヒラヒラさせて答える。

そんなレイラの頭を、グレッグがぐしゃりと撫《な》でた。

「レイラ、しばらくの間、お前は俺の相棒だ。よろしく頼む」

「……よろしく、グレッグ」

こうして、二人の旅が始まったのだった。

＊＊＊

「レイラがあの剣士と、旅立っただと!?」

レイラとグレッグが出発して少し経った頃、フェランの街の協会に、支部長の怒声が響いた。

「兵士は足止めしなかったのか！」

怒りで目を血走らせている支部長に、報告に来た男は身を縮こまらせた。

「それが、見張りの兵士は剣士の手で気絶させられていたようでして。二人を見送った街の者の話から、旅立ちの事実がわかった次第で……」

「くそぅ、使えない奴らめ！」

支部長は悪態をつくと、ギリギリと奥歯を噛《か》み締める。

「このままではまずい、せめてアレだけでも隠さねば……」

ぶつぶつと何事か呟く支部長を、男は気味悪そうに見ていた。

第二章　火の精霊と水の精霊

レイラとグレッグは、火山へ向かって歩いていた。

本来ならば、フェランの街から火山の麓《ふもと》の村まで乗り合い馬車が出ているのだが、それは現在使えない。街の長《おさ》を通して協会から通行禁止命令が出ているのだそうだ。

これ以外に乗り物での移動となると、暑さに弱い馬でなく、国内に生息している大トカゲを使うしかない。

しかし、大トカゲは賃料と餌代が高額なため、庶民には手が出せない乗り物だ。

それゆえ残った手段の徒歩となったのだが、旅慣れたグレッグはともかく、普段から家に引き籠《こも》り気味だったレイラは体力がない。

なので、こまめに休憩をとりながらの道行きとなった。

フェランの街から火山の麓の間には村が二つ存在し、通常であれば火山の麓の村まで歩き通しで一日かかる。レイラにその日程は無理だということで、麓の村まで二日の旅程を組んでいた。

今夜は一つ目の村に宿泊し、翌日に火山の麓にある村で情報を入手し、そのまま火山に入る予定だ。

だが、レイラの体力のなさを知らないグレッグは当然のことながら、レイラ自身も自分の貧弱さを舐《な》めていた。

高く昇った日がさんさんと照り付ける下、レイラはグレッグの後ろを黙々と歩く。

――暑い、疲れた、暑い、疲れた……

同じことを心の中で呟きながら、レイラはなんとか足を動かしている。

グレッグの方が背負う荷物も明らかに多いし、時折襲《おそ》ってくる獣を追い払っている分、体力を消耗している。

それにもかかわらず、死にそうな顔で歩いているのはレイラの方であった。

――干からびて死にそう。

レイラはどこかで拾った木の枝を杖代わりに持ち、数歩先を行くグレッグの背中をよろよろと追いかける。その姿は幽霊じみており、もし通りすがりの者がいたらぎょっとするに違いない。

『レイラ、頑張れ～』

レイラの背負う荷物に乗っているルーナが、レイラを応援してくれる。しかし運ばれているだけのルーナに応援されても、妬《ねた》ましさしか湧いてこない。

――私もルーナになりたい！

ルーナを振り返る元気すらないレイラは、呻くばかり。そんないろいろ限界なレイラを見て、

『また水かける～？』

ルーナが首を傾げる。

「それは嫌」

ルーナの申し出を、レイラは速攻で断った。

ちょっと前にルーナがレイラを元気にするためと称して、派手に水をかけたのだ。

確かに、レイラは水の冷たさで一瞬元気になった。だがずぶ濡《ぬ》れになったことで歩き辛くなり、結果的には余計な体力を消耗しただけである。

その上、乾くまでの間、服が生温くてとても気持ち悪かった。もうあんな思いをするのは御免だ。

『えー、じゃあね……』

「お願いだから、なにもしないで」

次の案を考えるルーナに、レイラが釘を刺す。

そんなやり取りをしている内に、レイラの足はだんだんと重くなり、やがて止まってしまった。

「きゅ、休憩……」

レイラはグレッグに声をかけ、日陰を求めて道の横の大岩に近寄る。気付いたグレッグも足を止めてやって来た。

「お前、体力ねぇのな」

大岩の陰でゼイゼイ言っているレイラに、グレッグが呆れたように言う。

「……」

自分でもさすがに酷いと思っているので、レイラは言い返せない。

予定では、一つ目の村には今日の昼過ぎに到着するはずだった。それなのにもうじき昼になろうかという今でも、まだフェランの街からそう離れていない。

ひとえに、レイラの足が遅いせいである。

「火山に着くのに二日の予定だったが、こりゃ三日いるな」

「……よろしく」

もう少し急げと言われても無理なので、レイラは素直にグレッグに頭を下げた。

『レイラ、元気出して。水を出してあげるから』

レイラの荷物から降りたルーナが水を出してくれるというので、レイラは荷物から小鍋を出す。

小鍋の上でルーナが首をもたげると、そこに水が満ちた。レイラはその水を飲んだり顔を洗ったりする。

「ふー……」

さっぱりしたおかげで、少し気分が浮上する。これで目的の村が見えていれば、もっと気分が持ち直すのだが。

「精霊ってのは便利なもんだな」

レイラの様子を見ていたグレッグが、しみじみと言った。

「便利とか言うと、たぶん普通の精霊術師は怒る」

レイラは一応忠告する。

感心してくれるのはいいが、少し気まずかった。なにせ、精霊をこんなに便利に使っている精霊術師はレイラだけかもしれない。他の精霊術師が、便利というのを褒《ほ》め言葉として受け取るかどうかは微妙なところだ。

他の土地の精霊術師は知らないが、少なくともフェランの街の精霊術師は良い顔をしないだろう。

グレッグはレイラの忠告に、不思議そうに首を捻《ひね》る。

「なんでだ？　実際便利じゃねぇか」

『僕らは人間がなんて言おうと気にしないけどね～』

ルーナはそう言って呑気《のんき》に尻尾を揺らす。精霊は人間の評価など気にしない。気にするのは精霊術師の方だ。

火山の麓《ふもと》の村には協会の連中がいると聞く。グレッグが精霊術師についておかしな風に理解していると、また揉《も》めるかもしれない。

揉め事は避けるに限ると思い、レイラはちゃんと説明してやることにした。

「世界にはたくさんの精霊がいる。その存在を、神の使いとか自然の化身とか、いろいろ言う人がいるけど。要は精霊はすっごく偉い存在だから、その力を使う自分も偉いんだぞというのが精霊術師の言い分」

「……お前、身も蓋《ふた》もない言い方をするな」

解説がざっくりしすぎているレイラに、グレッグが微妙な顔をした。ちょっと極論を述べてしまったようだ。他にどう言えばいいものか、レイラは宙を見つめて考える。

「精霊がいないと、人は生きていけない。世界の営《いとな》みは精霊がいるからこそ成り立つ。精霊が風を吹かせなきゃ呼吸できないし、精霊が火をおこさなきゃ灯りもないし凍えて死んでしまう。だから精霊は尊《とうと》くて、その力を操る精霊術師はその次に尊いらしい」

結局は、精霊術師を称《たた》える意見に行きつく。これにも諸説あるが、少なくとも精霊術師至上主義者であるフェランの街の支部長は普段からそう主張している。

ちなみにレイラが師匠から受けた教えは、「精霊術師は精霊と仲良くなれる存在」だということだ。だが、この意見は支部長に鼻で笑われた。

「精霊術師になれる人間が少ないってのは知ってるし、お偉いさんがそう言ってるのもわからんでもない。確かに他の国でも、お前らみたいに精霊と精霊術師がじゃれ合っているのは見たことないしな」

グレッグが目を細めてレイラとルーナを見る。

精霊がお金や食べ物の心配をする様子なんて見たことがないという意見ならば、レイラは甘んじて受けようと思う。昔からずっと一緒のルーナだが、人間臭いことを気にするようになったのはここ最近のことだ。貧乏は精霊すらも変えてしまう、恐ろしい病《やまい》と言えよう。

そんな世知辛《せちがら》い話は抜きにしても、レイラはルーナを弟のような存在だと思っている。

「私みたいな精霊術師は、不敬なんだってさ」

レイラがボソリと呟いた言葉に、グレッグは眉を上げた。

『それこそ、知ったことじゃないけどね！』

ルーナがレイラの肩に上り、顔にすり寄る。

結構長話をしてしまったので十分休めたはずなのだが、レイラの足腰には、再び歩き出そうという元気がまだない。

――仕方ない。

大きく息を吐いたレイラは、地面に生えている草を引っこ抜く。そして、無言で様子を見ているグレッグの前で、その草を水で洗ってもしゃもしゃと食べ始めた。

これに、グレッグがぎょっとした。

「こら！　腹が減ってるなら言え！　雑草食ってんじゃねぇ！」

グレッグは慌ててレイラの首根っこを掴み、草を吐き出させようとガクガクと揺さぶる。

――やめれ、目が回る！

そんなグレッグを迷惑そうに見たレイラは、もしゃもしゃしながら告げた。

「これ、疲労回復の薬草」

「……は？」

間抜けな顔でこちらを凝視しているグレッグを、レイラは口を動かしつつ見る。レイラを解放したグレッグは自分の足元に生えている草を千切り、それをしげしげと眺めた。

「これが、薬草だと？」

「それは雑草」

グレッグが手にして草を見て、レイラは断言する。

二人の間に、少しの間、沈黙が流れた。

「……お前が食ってる草と、どう違うんだよ？」

グレッグの疑問に答えるため、レイラは周囲に生えている草の一つを選んで引き抜いた。

「葉先が尖《とが》ってなくて、茎《くき》がちょっと黒っぽいのが薬草」

草を示しながら解説したが、グレッグは首を傾げている。見分けがつきにくいのだろう。事実、違いと言ってもよくよく見なければわからない。

――慣れないとわからないかもね。

レイラとて、間違って雑草をもしゃもしゃしてしまったことが数えきれないほどある。その時は、無駄なことをしてしまったという脱力感に襲《おそ》われたものだ。

グレッグが二種類の草を両手に持って見比べている間、レイラは草をぺっと地面に吐き出した。この草の繊維《せんい》に効用はないのだ。

本来ならば草の汁を煮詰めたものを飲むのだが、今はそんな暇がないので手っ取り早く草を噛《か》んだ。口の中が青臭くなったけれど、少し元気が出た気がする。

「よし、出発！」

レイラは握り拳《こぶし》を作って立ち上がる。

「仕切るな、お前を待ってたんだよ！」

グレッグは持っていた草を捨てて、レイラを小突いた。

再び歩き出した二人だったが、その後もレイラのせいで足を止め、幾度も休憩を繰り返すことになる。

「いつまで経っても村が見えない、これはひょっとすると迷子？」

数回目の休憩でそんな疑惑を口にしたレイラの頭を、グレッグがスパンと叩いた。

「どあほう、一本道で誰が迷うんだよ！」

どうやら迷子ではないらしい。

ということは、村にたどり着けないのはレイラの足が遅いせいだという結論になる。普段の引き籠《こも》りがこんなに響くなんて、正直思っていなかった。

薬屋の店主がよこしてきた筋肉痛の軟膏《なんこう》が、さっそく役立ちそうである。

ヘタレているレイラを見て、グレッグが難しい顔をした。

「なんつーかよぉ、楽に移動できる精霊術なんてものはないのか？」

そんな反則技があれば、レイラだってとっくに使っている。

――いや、もしかすると精霊にはできるとか？

今まで移動に困ったことがないので聞かなかったものの、あるのかもしれないと、レイラは僅《わず》かな望みをかけてルーナを見る。

だが、ルーナの答えは非情なものだった。

『僕みたいな水の精霊だったら水の流れに乗って移動できるけど、人間は無理だね～』

がっくりと項垂《うなだ》れるレイラを見て、グレッグも答えを察したのだろう。

「こいつは多少高くついても、大トカゲを借りるべきだったか？」

今更そんなことを言い出す。お金の面でレイラにはなかった選択肢だが、グレッグの中には存在していたらしい。

――その手段がアリなら、最初に言っといてよ！

疲れが倍増した気がするけれど、後悔していても始まらない。

ひとまず、昼食におばさんが作ってくれたという弁当を食べることになった。

二人が昼食の間、ルーナは地面の穴に水を張った簡易水風呂につかっている。気持ちよさそうで羨《うらや》ましい。今度よさげな穴があれば、レイラも挑戦してみたいところだ。

「お、なかなか豪華じゃねぇか！」

弁当の包みを開けたグレッグが歓声を上げる。

包みの中はパンやハムにチーズの他、野菜の酢漬けや濃く味付けされた肉の煮込みなどが入っていた。暑い気候でも傷《いた》みにくく、腹持ちを考えたメニューである。

噂《うわさ》のグレッグ様に持たせる弁当なので、おばさんはいつもよりも気合を入れたに違いない。レイラの平常の食事よりも豪華な弁当だ。

「店屋の飯《めし》じゃない料理なんて、どのくらいぶりだろうな。いいよなぁ、料理上手な女っていうのは」

しみじみと言いながら弁当を食べているグレッグの様子を見たら、おばさんは狂喜乱舞するのではなかろうか。

「おばさんは、料理上手」

昔よくお世話になったレイラも、おばさんの手料理をヨイショしておく。後でグレッグの口から「レイラも褒《ほ》めていた」と言ってもらえば、一カ月分くらいの家賃をまけてくれるかもしれない。

そんな下心満載のレイラに、グレッグはちらりと視線を向けた。

「お前も料理くらいできないと、男を捕まえられんぞ？」

料理ができない前提で語るグレッグに、レイラはムッとする。

確かにここのところ、食事といえば固パンばかりを食べている。だが、それはお金がないからであって、決してレイラの料理の腕前が残念なせいではない。

「私だって、料理くらいできる」

「本当かぁ？」

しかしグレッグは、レイラの反論を本気にしていない様子だ。できない奴の強がりだろうと言わんばかりの目をしている。グレッグがレイラのなにを知っているというのか。

こういう時に味方をしてくれるはずのルーナであるが、そもそも精霊にとって食事は必須のものではないため、関心があまりない。援護は望めないだろう。第一援護してもらっても、グレッグには聞こえないのだが。

「私の料理は斬新だって、師匠も褒めてくれた」

レイラの料理を一番よく食べていたのは師匠だ。なので過去の師匠の褒め言葉で反論する。

「斬新って、褒め言葉か？」

グレッグは首を傾げているが、それ以外のなんだと言うのか。

「じゃあ証拠として、旅の間に料理を作る」

「おいおい、大丈夫かよ？」

グレッグの不安そうな声は、聞こえなかったことにする。

こうして約束を交わして再出発した二人は、相変わらずのろのろと旅路を進む。

そんな旅人を格好の獲物《えもの》だと思ったのか、途中で獣が襲《おそ》ってくることがたびたびあった。だがグレッグが簡単にそれらを追い払い、時には退治した。

大型の獣に襲われても慌てることなく、グレッグは大剣で首を飛ばす。余裕がある時ならば血抜きをして持ち帰るらしいが、今は捨て置くそうだ。死骸《しがい》は放っておけば、他の野生の獣が食べ尽くすだろうとのことだった。

——グレッグって、本当に強いんだ。

レイラは、薬屋の店主の語ったグレッグの噂《うわさ》を、あまり信用していなかった。だが、グレッグがそこそこ強いのは確かなようだ。普通は複数人で狩る獣を、一人で倒してしまうのだから。

強くて見た目も良いのだから、グレッグが街の娘たちに人気なのは頷ける。いや、どこに行っても人気者であるに違いない。

——私と正反対って奴か。

けれど、グレッグからは協会の連中にありがちな、人を見下す意識が感じられない。それもまた彼の魅力となって、人を惹《ひ》きつけるのだろうか。

旅の連れに対してそんな分析をしながら、レイラはまた拾った草をモサモサと噛《か》む。だんだんと、モサモサしていないと死んでしまう気すらしてきた。

そしてレイラの口の中が、草の青臭さでいっぱいになった頃、ようやく宿泊予定の村に到着した。

結局二人が村に到着した時は、とっくに夜になっていた。

――やっと着いた……！

レイラは息も絶え絶えな状態だ。正直、村への到着を諦めかけていたところである。

「宿屋っぽい家はねぇな」

小さな村なので、夜空の星と月の明かりだけが頼りでも、その全貌はわかる。村を見回して呟くグレッグだが、予想していたのかさほど気落ちした様子ではない。

「てことは野宿？」

くたびれ果てているレイラは、もうどうでもいいという気分になっていた。この場で寝ろと言われれば寝られるかもしれない。

ルーナに至ってはすでにレイラの荷物の中で寝ている。本当のところ、精霊は寝る必要がないのだが、ルーナは寝ることを好むのだ。

杖代わりの木の枝に縋《すが》って立っているレイラを、グレッグがちらりと見る。

「お前に野宿は無理だな、せめて夜風くらい避けたい」

そう言うグレッグの後について、レイラは村で一番大きな家に向かう。

「夜分に失礼する」

グレッグがノックをして呼びかけると、しばらくしてドアが開いた。姿を見せたのは年老いた男だ。

「珍しい、旅の方かな？」

レイラたちの格好から旅人だと判断したのだろう、老人は驚いていた。

「すまんが、どこか寝床になる場所を貸してもらえないだろうか。贅沢《ぜいたく》は言わん、屋根と壁があればいい」

グレッグの願いに、老人はしばし考え込む。

「では、納屋《なや》でもよろしいか？」

「十分だ」

老人の申し出に、グレッグは頷く。

こうして二人は納屋を貸してもらって寝ることとなった。

レイラは納屋に入ると、ヨロヨロしながらも中に置いてある藁《わら》をうまく纏《まと》めて、二人分の寝床を作る。

――どうせ寝るなら、寝床くらい整えないとね！

地面に寝転がるよりも疲れがとれるだろうと、レイラは疲れた身体に鞭《むち》打った。

「……お前、手際いいな」

レイラの手慣れた様子に、グレッグは手伝いつつも訝《いぶか》しそうに呟く。しかし、その手つきは不器用で正直邪魔だ。

「慣れてる。でも、納屋で寝るのは、久々」

邪魔なグレッグを追い払い、レイラは藁の寝床を使っていた昔を懐かしむ。慣れれば快適なのだ。

「いや、納屋で寝るなんて経験、普通の街人にはないからな」

懐かしがっているレイラに、グレッグがツッコんだ。

疲れているのでこのまま寝てしまいたいのは山々だが、レイラだって女の端くれである。寝る前に土埃《つちぼこり》や汗で汚れた身体を清めたい。

「《水の玉》」

レイラは、生み出した水の塊《かたまり》を小鍋に入れた。そして、その水で顔を洗ったり、浸《ひた》した布で身体を拭《ふ》いたりする。身体を拭く際は、当然グレッグを追い出した。

「水、いる？」

「……できれば欲しい」

再び納屋に入ってきたグレッグに尋ねるとそう答えたので、レイラは彼の分の水も用意してやる。水の用意も依頼の内だ。

そうして使い終わった水は納屋の裏に捨てた。

「今のドラート国でこうして贅沢に水が使えるのは、お前くらいかもな」

寝る前に身体が拭けたことを、グレッグはことのほか喜んだ。確かにわざわざ井戸を探さずに済むのは便利かもしれないが、喜び方が大げさだろう。

――そういえば最近、似たことを言われた気がする。

気にかかったが、疲れた頭ではこれ以上考えられなかった。

それにしても、今日一日で足がクタクタだ。明日の朝に筋肉痛になるのを少しでも防ぐため、レイラはさっそく薬屋の店主からもらった薬を足に塗る。すると、熱を持っていた足がすうっと楽になった。

こうして寝る準備を整えたレイラは、自分の寝床に寝転がってしばらくすると、そのまま寝てしまった。


『レイラ、朝だよ』

ルーナの声で、レイラはぼんやり目を開く。

「……むぅ？」

寝返りを打ち、いつもと違う寝床の感触に戸惑う。

「……痛い」

そして身体中の、特に足の筋肉が酷く軋《きし》むことに驚いた。自分の身に一体なにが起きたというのか。しばし寝床の上でもがき苦しんでから、レイラははたと気が付いた。

――そうか、旅に出たんだっけ。

ここは自宅ではなく、旅先で借りた納屋《なや》の中だったと、寝ぼけ頭でようやく思い至る。

『グレッグはもう起きてどこかに行ったよ』

ルーナの言葉を聞いて隣を見ると、確かにグレッグの姿はなかった。旅の相方が起きているのに、レイラがこのまま寝ているわけにはいかない。

――だって、食料を持ってるのはあっちだもんね。

グレッグは荷物も持って出たらしく、合流しないことには朝食が食べられないのだ。

レイラはまだ寝ていたいと訴える身体に鞭《むち》打って起き上がり、朝の支度を始める。

「《水の玉》」

まず小鍋に水を張り、寝起きの顔を洗う。次に軟膏《なんこう》を足に塗った。すると筋肉の軋みが少し和《やわ》らいだ。この軟膏を持たせてくれた店主に感謝しなければならない。

「グレッグはどこに？」

早く起きていたルーナに、グレッグの所在を尋ねる。

『さぁ？　散歩だって言って出て行った』

ルーナからこのような答えが返って来た。となると、村の中をブラブラしているのだろう。仕方ないので探しに行こうと立ち上がるレイラの腕に、ルーナが絡みつく。

レイラは外に出る前に軟膏でべたついた手を洗い、使い終わった水を昨夜と同じように処理することにした。

「これでよし」

水を納屋の裏に捨てた、その時――

「あ……！」

小さく声がしたので、レイラはそちらを振り向く。すると村人らしき中年女性が目を見開いて呆然とこちらを見ていた。

「……？」

なにが彼女をそれほど驚かせたのか、レイラにはさっぱりわからないものの、挨拶《あいさつ》代わりに軽く頭を下げておいた。フェランの街では、いつもズルズルとしたローブ姿を奇異の目で見られていたため、彼女もその口だろうと思ったのだ。

しかし、事態は思いもよらぬ方向へ向かった。

「……なんてもったいないことを!!」

彼女は水を吸った地面に視線を向けて、身体を震わせる。そして何事かをまくしたてると、どこかへ走り去って行った。

「……なに？」

『さぁ？』

レイラの疑問に、袖に潜《ひそ》んでいたルーナも答えられない。状況がさっぱりわからないレイラは、首を傾げるしかなかった。

それからすぐに、彼女は他の村人たちを連れて戻ってきた。

「このよそ者よ、さっき水を捨てたのは！」

彼女が大声で喚《わめ》いてレイラを指さす。

「……だからなに？」

状況がわからず聞き返したレイラに、村人たちが怒った。

「自分がなにをしたのかわかっているのか!?」

「捨てるほど水があるなら、俺らによこせ!!」

そう喚きたてる彼らに見える感情は怒りだ。

「……何事？」

事態をさっぱり理解できないレイラが説明を求めても、村人たちは一方的に詰《なじ》ってくるだけで、誰も話を聞いてくれない。

村人たちの怒りは次第に増し、わっとレイラに詰め寄ってきた。

「《水の衣》」

彼らの勢いに呑まれぬよう、レイラは精霊術で生み出した水で膜を張る。すると、弾力のある水の膜が村人たちを押し戻した。

「きゃあ⁉」

「なんだこれは⁉」

レイラの精霊術に弾かれ、村人たちは余計に興奮する。

――水の精霊術なんて、この国じゃあ珍しいもんね。

興奮するのもわからなくはないが、このままでは話もできない。

「《水の玉》」

レイラは空中に大きな水の塊《かたまり》を生み出して、村人たちの頭上で弾けさせた。血が上った頭を冷やしてもらおうとしたのだ。

だが、この行為が余計に混乱を招いた。

「なんなの⁉」

「どうしたことだ⁉」

突然降ってきた大量の水に、村人たちは右往左往する。

「水、水よ！」

「水だ！」

自分たちを襲《おそ》ったものの正体に気付いたとたん、村人たちは目の色を変えた。大地に吸い込まれていく水を確保しようと、水気を含んだ土をかき集める者もいる。

——なんか、意味不明さが悪化したんだけど!?

レイラが困っていると、騒ぎを聞きつけたのか、さらに人が集まってきた。

「どうしよう」

『なんだろうね』

レイラはルーナと顔を見合わせる。

収拾がつかない状況に、レイラがほとほと困っていた時、誰かの叫び声が聞こえてきた。

「なんの騒ぎだ！」

村人たちの後ろから現れたのは、昨夜見た老人だ。

「村長様、水が！」

「水が降ってきたんです！　雨でもないのに！」

村人たちは村長を囲んで言い募《つの》る。

「ええい、落ち着かんか！」

老人が一喝《いっかつ》するも、興奮しっぱなしの村人たちは落ち着かない。

「レイラ、なにしてんだよ」

続けて知った声が聞こえてきた。

「……あ」

声がした方を見るとグレッグがいる。レイラは話のわかる者の出現にホッと息を吐いた。

＊　＊　＊

この騒動の少し前のこと。

グレッグが起きたのは、夜が明けたばかりの頃だった。隣のレイラはまだスヤスヤと寝ている。

——疲れてるだろうし、ギリギリまで寝せるか。

このレイラという娘を初めて見た時は、貧相なガキが協会に紛《まぎ》れていると思った。

だが話をよく聞いてみると、その貧相なガキがグレッグの探していた精霊術師だという。連れている水の精霊の姿を見なかったら信じられなかったところだ。

旅慣れていない様子のレイラは、予想外の体力の無さだった。そこいらの子供の方がまだ歩けるのではないだろうか。

出発前に薬屋の店主だという男が筋肉痛の軟膏《なんこう》を大量に渡していたが、彼はこの状況を予想していたらしい。

——俺は、こいつをあの方のところへ連れて行けるのか？

グレッグは竜の卵とは別口の依頼を思い、うんざりした気分になる。それでなくともレイラは極端に口数が少なく、なにを考えているのかわからない無表情で、付き合いにくいことこの上ない。

だが、感心することもある。水の精霊に助けてもらっても、レイラはそれを特別なことだと自慢もせず、むしろ自分が異端なのだと言っていた。精霊を便利に使える精霊術師なんて、グレッグはすごいと思うのだ。

しかも、そこいらに生えている草から、薬草をえり分けてみせる。グレッグにはどれが薬草なのか、さっぱり見分けがつかない。さらにレイラはそれを、そのまま口に放り込んだのだ。

――草のまま食う奴がいるか？

実際にいたから驚きである。

そもそも薬というのは、使いやすいように整えてあるものだろうに。レイラがモサモサしている草をグレッグも少し噛《か》んでみたが、ものすごく苦かった。あれをずっとモサモサしてるレイラを、本当に尊敬する。

当初の予定では、今日には火山に入るつもりだったが、この分では無理かもしれない。火山の麓《ふもと》の村に到着するのだっていつになるやら――そう考えたグレッグの口からため息が漏《も》れた。

レイラが起きる前に朝の運動がてら村を散策してみることにした時、視界に白蛇の姿が入った。レイラの連れている水の精霊が、すでに起きていたらしい。そもそも、精霊が寝るものなのかよく知らないが。

「ちょっと外を散歩してくる」

会話はできなくとも、レイラに伝言くらいはしてくれるはずだと思い、そう言って納屋《なや》を出た。

まだ空が薄暗い中を歩き回ると、外では数人の村人が作業していた。恐らく朝の涼《すず》しい時間帯に仕事を済ませたいのだろう。

村はずれにある、かつては畑だったらしき場所は、カラカラになって雑草さえ生えていない。また、村人たちはくたびれ果てた様子で元気がなかった。

昨夜は暗くてわからなかったが、賑わいを見せていたフェランの街から一日も離れていない村の、この惨状はどうしたことか。

——ドラート国の中でも、一段とひでぇ有様だな。

グレッグはドラート国を旅する中で、どこの街や村でも深刻な問題を抱えているのを見てきた。その問題とは、水不足である。

実は、水不足なのはドラート国だけではない。世界中の出来事なのだ。

最近になって徐々に水量が戻ってきているものの、それでもこのドラート国は例外のようだった。井戸が枯れて水が出なかったり、国内を流れる川の水量が減ったり……中には干上がった川もあるそうだ。

水不足の原因は、十数年前の火の精霊王との喧嘩《けんか》のせいで、火の精霊王だけではなく水の精霊王も弱体化したためだと言われていた。水の精霊王が弱れば、その力を貰っている配下の水の精霊の力も弱る。それが原因で、世界に水を循環させる力が足りなくなっているのだ。

しかし、ドラート国以外の土地では、井戸が枯れるまでには至っていない。だとすると何故ドラート国だけ被害が大きいのか。それは火の精霊の影響であるとされていた。

火の精霊と水の精霊は嫌いあっているので、水の精霊は火の精霊の気配のある場所へは寄り付かないと言われている。

そのためか、ドラート国では他の土地の倍以上深く井戸を掘らないと水が出ない。水の精霊が火の精霊の気配のない場所まで隠れるからだそうだ。

また、ドラート国にいる水の精霊は水を循環させるのに、他国の水の精霊よりも大きな力を要するのだろうと考えられている。だから水不足の被害が、他国よりも大きくても不思議はなかった。

水がない地域は、水のある地域から水を買うしかない。そうやって手に入れた水は節約しなくてはならないので、最低限しか使えない。そのせいで食事を作るのもままならず、どこの街や村も必要最低限の生活をしていた。

――厳しい土地に生まれたもんだな、ここの連中は。

そう思うグレッグ自身も、ドラート国に入ってからフェランの街に来るまで、固パンや干し肉のようなものばかり食べていた。

だからこそ、国中がそんな状況であるにもかかわらず、フェランの街の酒場で普通の食事が出されたことに、非常に驚いたのだ。フェランの街の井戸も水量が減っているらしいが、他の街や村の枯れた井戸に比べれば断然ましである。

フェランの街から火山に向かう方角にある村も、同じように水が出るのかと思いきや、この村は酷い有様だ。

――なんでこんなことになってんだろうな?

そんなことを考えながら村の様子を眺めて歩くグレッグの姿に、村人たちはぎょっとしている。グレッグたちは夜遅くに村にやって来たので、滞在していることを知らなかったのだろう。昨夜も旅人は珍しいと言われたし、よそ者を見慣れていないに違いない。

ひそひそと噂《うわさ》してる者たちに、グレッグは軽く会釈《えしゃく》した。

「お客人、寝られましたかな？」

その時、誰かに後ろから声をかけられたので、グレッグは振り向く。そこにいたのは、納屋《なや》を貸してくれた老人だった。

「おかげさんで。遅い時間だったにもかかわらず、寝場所を貸してもらえて感謝する」

グレッグが頭を下げると、老人はすまなそうな顔をする。

「申し訳ないのう。普段客など来ない村なので、客間を用意しておらなんだ」

そう言う老人に、グレッグは苦笑した。

「藁《わら》の寝床で十分だ、連れはまだ寝てるしな」

その後、情報集めのために立ち話をする中で、老人がこの村の村長であることが判明した。

旅の目的を聞かれたグレッグが火山に行くと答えると、村長が驚きの声を上げる。

「なんと、火山に行かれるのか。あまりお勧めできませんぞ」

向こう見ずな若者だと言わんばかりの村長は、恐らく火山がどういう状況なのか、多少なりとも知っているのだろう。

「ああ、魔物が出るっていう話は俺も聞いている。だからその対策として精霊術師を連れてきた」

グレッグの言葉に、村長は目を見開く。

「お連れのお嬢さんは精霊術師殿か。あのようなひ弱そうなお人で大丈夫かのう？」

昨夜のレイラの様子を思い出したらしい村長が心配してくれた。それは今、グレッグが最も気にかけていることでもあるので、平気ですとは口が裂けても言えない。

「……休み休み行きますよ」

「無理は禁物ですぞ」

村長の言葉に頷いたものの、多少の無理をさせないと次の村にたどり着けないだろうなと思っている。

グレッグは話題を変えることにした。

「納屋《なや》を借りた礼をしたいところだが、なにがいいか」

しかし、村長は黙って首を横に振った。

「私はあなた方になにも構ってやれなかったのですから、礼など不要です。今から火山へ向かうという旅人に、水の補給もさせられなんだ」

そう言って気落ちしたように肩を落とす村長に、グレッグは眉を寄せる。

「やはり、ここの井戸は枯れてるのか」

村の様子を見て予想できていたこととはいえ、毎日の生活を思うと同情を禁じ得ない。

「水が出なくなり、もう十年以上になります」

そう言った村長は、諦観《ていかん》の笑みを浮かべた。

「精霊様のことは、自分ら人間にはどうしようもないですからのう。早う水が戻るよう、毎日精霊様に祈るばかりです」

村長の言葉は、ドラート国を旅する中でよく聞いた内容だ。同時に、「火の精霊と水の精霊が争っていたという話なんてどうでもいい、早く水が出て欲しい」とあちらこちらで言われていた。

こんな話を、もし火の精霊第一なフェランの街の協会の連中が聞いたら、激怒することだろう。

そんなことを考えながら、グレッグはこの村の水の入手先を尋ねる。

「水をどこから買っているんだ？」

「フェランの街の水を買っております」

村長の答えは、予想していたものだった。

「あなた方はフェランの街を通って来なさったのでしょう？　あの街の井戸はどうでした？」

グレッグは、様子を思い出しつつ答える。

「水量は減っているらしいが、水に困っているわけではなさそうだったな」

フェランの街では水売りを見かけなかった。街の井戸で水が足りているからだろう。それに、他の街では断られたのに、宿では汗を流すための水をたらいに張ってくれた。

フェランの街の住人は、ドラート国中が水不足で困っていることを知らないのではなかろうか、と疑わしくなるくらいに呑気《のんき》だった。

他の街に買い付けに行く商人などは、井戸の件を知っているのかもしれない。だが、酒場の店主は、外の話を言いふらさないように規制されていると言っていた。

それにしても、何故フェランの街では十分な水が確保できるのか。それを疑問に感じたグレッグの脳裏に、水の精霊を連れた精霊術師の姿が過《よ》ぎった。

――レイラの精霊がいるから、とか？

まさかとは思うが、今、水と聞いて思い当たるのはこれしかない。

思案するグレッグに、村長が意外なことを言った。

「ですが、我々はつい先日、フェランの街から水の値を上げると言われ、ほとほと困っております」

「誰が言ってきたんだ？」

誰も水に困っていない様子だったあの街に、水の値を上げる理由があるとは思えない。グレッグの質問に村長は渋い顔をした。

「協会です。火山の麓《ふもと》の村に出入りしている協会の連中が、この近辺に売る水を管理しているのですよ」

「……あいつら」

予想外の名前を聞いて、グレッグは顔をしかめる。すると、村長が説明を続けた。

「フェランの街の水は火の精霊王様が特別にご用意くださった尊《とうと》いものだから、協会で管理するのだそうです。支部長という方がそう仰《おっしゃ》っていました」

「はぁ？」

グレッグは思わず声を上げた。

水の精霊をあれだけ毛嫌いしてる連中が、水が出るのは火の精霊のおかげだと吹聴《ふいちょう》しているらしい。

「よそで水が出ないのをいいことに荒稼ぎかよ。いい根性してるじゃねぇか」

グレッグは苦々しそうに呟く。水が出るのは水の精霊の力だという常識を、精霊術師が捻《ね》じ曲げてどうするのか。

グレッグの反応に、村長はやはりという声を漏《も》らした。協会の連中にいいようにされているという気持ちは薄々あったのだろう。

しかし、水を売ってもらわねば村人は生きていけない。渋々ながらも協会の言うことに従うしかなかったのだ。

「値が上がって買い付けできる水の量が減ったせいで、村の衆は水の使い方にピリピリしておりまして。毎日水に関してなにがしかの揉《も》め事が起こる始末です」

村長がため息交じりに愚痴《ぐち》を零《こぼ》す。これにグレッグは嫌な予感を覚えた。連れのレイラは自前で用意したものとはいえ、派手に水を使うからだ。村人が見れば文句を言われる恐れがある。

――レイラが起きる前に戻るか。

そして村を出る前に、枯れているという井戸を確かめてみようかと考えた。レイラの精霊に見てもらえば、フェランの街とこの村の違いがわかるかもしれない。

その時――

「村長！」

村の青年がこちらめがけて走ってきた。

「大変だ、よそ者と村の衆が水のことで揉《も》めてる！」

青年の言葉を聞いた村長は驚き、グレッグは空を見上げて大きく息を吐いた。

「よそ者とは、もしや……」

「俺の連れだな」

グレッグの悪い予感が、どうやら当たったようだ。

＊＊＊

現れた老人によって窘《たしな》められた村人は、ひとまずレイラに詰め寄るのをやめはしたが、距離をとって様子を窺《うかが》っている。

「なんでこうなったんだよ？」

グレッグが状況を尋ねてきたものの、それはレイラの方こそ聞きたいことだ。

「わかんないけど、囲まれた」

レイラが説明すると、グレッグがため息をつきながら側にやって来る。

「間が悪いな、お前は」

そう呟いたグレッグは呆れた様子でレイラを見た。

——なんだっていうのよ、一体。

この口ぶりだと、グレッグには今の状況が理解できているらしい。そしてレイラが悪いと言わんばかりの顔をしている。

「私、なにもしてない」

無実を主張するレイラに話しかけてきたのは、グレッグと一緒に来た老人だった。

「こちらの娘が精霊術師殿か」

「そうだ」

レイラを見て尋ねる老人に、グレッグが頷く。

「なに？」

レイラが説明を求めてグレッグの袖を引いた。すると、グレッグがレイラの頭をぐしゃぐしゃとかき回す。

「こっちは村長さんだ。後でちゃんと話すが、長くなるから今は待て。村人の興奮を収めるのが先だ」

グレッグにそう諭《さと》されたので、レイラは大人しくすることにして、ぐしゃぐしゃにされた髪を整えた。

遠巻きにしている村人の、主に女が、グレッグを見てひそひそとささやき合っている。

――グレッグの男前っぷりにびっくりしてるんでしょうね。

レイラは心を動かされないけれど、グレッグの見た目が良いことは認めている。良い男を見てはしゃぐ村の娘さんたちを観察していた時、グレッグが口を開いた。

「村長、井戸はどこだ？」

――なんで井戸？

レイラは首を傾げる。先程の村人も水がどうとか言っていたが、一体なんの話だろうか。だが、不思議に思ったのはレイラだけのようで、村長はすんなりと井戸に案内する。

「こちらです」

村長に連れられて、レイラとグレッグは井戸に向かう。その場にいた村人もぞろぞろと付いてくる。

そうして辿りついたのは、水の匂いが全くしない井戸だった。レイラは首を傾げてその中を覗き込んだ。

「水、ない」

『ないね～』

レイラの呟きにルーナも同意する。ルーナがないと言うからには、この井戸は枯れているのだろう。

「レイラ、この井戸に精霊はいるか？」

井戸を観察するレイラにグレッグが尋ねる。水が流れる場所には必ず水の精霊がいるものだが、枯れた井戸にいるかどうかはレイラにはわからない。

「……私じゃわからない。ルーナ」

レイラが呼ぶと、ルーナが袖の中からするりと姿を現し、にょろりと井戸の縁《ふち》に移動した。

ルーナの姿を見た村人たちがどよめく。レイラたちのやり取りで、水の精霊だと察したらしい。

「あれは、水の精霊か!?」

「こんな干上がった土地に!?」

村人たちの驚きは、レイラにも理解できる。

――まー、普段、精霊なんて見ないでしょうしね。

フェランの街の住人だって、レイラが連れている蛇が水の精霊だと知らない者が多いのだ。

――でも、干上がった土地？

村人の言葉が気になって、レイラは周囲を見てみる。畑だったであろう土地は乾ききっていて、枯れたのは井戸だけではないらしいことが理解できた。

――水の精霊は？　どこにいるの？

大地の精霊と協力して土地を潤《うるお》しているはずの水の精霊はどうしたのだろうか。レイラが考え込んでいる間も、村人たちの騒ぎは収まらない。

「静まれ、皆の衆！」

騒ぐ村人たちを村長が黙らせた。

村人たちが見守る中、ルーナが首を揺らして答える。

『水の精霊？　ずーっと奥にいるよー。でも、すっごく弱ってるみたいだね』

「いるって」

精霊術師の資質がないグレッグには、ルーナの声は聞こえない。ルーナが言ったことをグレッグに簡単に教えると、それを聞いた村人たちがざわめいた。

それを横目に、グレッグが質問を続ける。

「この井戸は、水が出そうか？」

「……だって」

グレッグの質問に答えるように促《うなが》せば、ルーナは首をもたげて井戸の中を見た。

『えー、ここから水を出したいの？』

戸惑った様子のルーナだが、レイラにはどうしてルーナが戸惑っているのかも、どうしてグレッグにこんなことを確認されているのかもわからない。

だが、状況が全くわからないながらも、とりあえず当たり前のことをルーナに告げた。

「水が出るのが井戸」

レイラの言葉に、ルーナは尻尾を揺らして考える仕草をしてから答える。

『じゃあね、イジワルしてる火の精霊を追い出さなきゃ無理だよ。そいつのせいで水を流せないでいるんだもの』

ルーナの言葉に、レイラはしばし思案した。

——火の精霊が水の精霊の邪魔をしてる？

いくら火と水の精霊の仲が悪いとはいえ、水の精霊の役目を火の精霊が邪魔をするなんて、普通では考えられないことだ。一体何故なのか気になるが、今はそれどころではない。

——とりあえず、火の精霊を追い出して強引に水を出すべき？

レイラは念のために意見を聞こうと、グレッグを見上げた。

「水が出た方がいい？」

「そうだな」

端的な問いかけに、グレッグが頷く。

続けて、レイラはルーナに尋ねた。

「ルーナ、追い出せる？」

『いいよー、ちょっと行ってくる！』

ルーナは井戸の縁《ふち》から、中に飛び込んだ。

だが、何故かここでグレッグが慌てはじめる。

「おい、追い出すってなんの話だ!?」

そこで、レイラはポンと手を叩く。

——そういえば話を省略した気がするね。

普段他人と全く会話をしないレイラの、悪い癖が出たようだ。

「なんかルーナが、火の精霊が邪魔だから追い出してくるって」

レイラの説明に、今度は村人たちがぎょっとした。

「火の精霊様!?」

「邪魔って、どういうこと!?」

「落ち着けというに！」

再び騒ぎ出す村人たちを、村長が一喝《いっかつ》する。

「……あー、俺が詳しい説明を求めるべきだったか」

グレッグは一人、頭を抱えていた。

周囲がざわつく中で、レイラはしばらくぼうっとルーナを待つ。すると、井戸の底から一筋の水が上がってきて、するりとレイラの腕に絡みつき、ルーナの姿になる。

『追い出してきたよー、ついでに水の精霊をちょっと元気にしてきた！』

「ご苦労様」

レイラはルーナを撫《な》でて労《いたわ》った。

『火の奴って変なんだ、主様《あるじさま》のためだとか言ってたの』

「なにそれ？」

ルーナの謎の報告に、レイラは首を傾げる。

『こんなイジワルがバレて、後で精霊王様に叱られるんだから！』

レイラはプンプン怒っているルーナを宥《なだ》めるのを優先させ、疑問を心の奥にしまった。

そして、事態を見守っていたグレッグを見上げる。

「終わった」

この言葉にグレッグが固まった。それから、困惑した様子で呟く。

「……ずいぶんと早いな」

レイラが井戸を覗き込むと、先程とは違って水の匂いがした。グレッグもそれを感じたのだろう、井戸の桶を掴んで中に放り込む。すると、パシャンと水音が立った。

「……水の音だ!!」

「そんな、嘘でしょう!?」

村人たちが一斉に井戸に走り寄る。そのあまりの勢いに、レイラは思わず彼らを避けた。

グレッグが村人の中の一人に、桶に繋がる綱を渡す。綱を手繰《たぐ》り寄せ、ゆっくりと引き上げられた桶には水が入っていた。

「「水だ!!」」

澄んだ水を桶から掬《すく》い、村人たちは涙を流して喜んだ。

「おお、なんということだ……」

村長も呆然とその光景を見つめている。

その感動の雰囲気に、ただ一人ついていけない者がいた。

「ねえ、これなんの騒ぎ?」

村人たちを遠巻きに眺めていたレイラは、グレッグの袖を引いてこそりと尋ねる。

「レイラ、お前本当になにも知らないんだな……」

「だから、どういうこと?」

「この国の井戸は、今、どこも枯れて水が出ないっていう話だ」

「……え!?」

レイラは驚きのあまり、ぽかんと口を開けた。

「……うそ」

それも含めて、詳しい説明を求めたいところだ。しかしレイラのお腹が鳴ったので、説明よりも先に朝食を食べることになった。

村中が大騒ぎの中、レイラたちは急いで朝食を食べる。早く出発しないと、レイラの足が遅いせいで次の村にたどり着けないという事態になりかねないからだ。

レイラたちが早々に旅立つと言うと、村長は残念そうな顔をした。

「あなた方にぜひ、礼をしたいのですが」

「一宿《いっしゅく》の礼だと思っておけよ」

二人を引き留めたい村長にグレッグが告げる。

「これでは釣りが来ます」

そう返す村長の後ろでは、村人総出の宴会が始まらんばかりに盛り上がっていた。そんな村人たちの様子を見たグレッグが苦笑する。

「今から大変だろうが、頑張れよ。たぶん協会の連中がなんか言ってくるぞ」

「我々は水の精霊様から水を賜《たまわ》ったのです。連中にとやかく言われる筋合いはありません」

拳《こぶし》を握りしめて語る村長に、レイラがうんうんと頷く。

「もし支部の連中に乱暴されたら、王都の協会本部に手紙で言いつけるといい。それで叱られるのはあちらの方」

協会には精霊術師と街の住人との間を取り持つ役割と、精霊術師の監視の役割がある。精霊術を使って住人を脅《おど》すのは禁止されている行為だ。

レイラの説明に、グレッグが驚いている。

「お前、ちゃんとそういうことも考えられたんだな」

どうやらグレッグは、レイラをよほどの世間知らずだと思っているようだ。

――失礼な、人が馬鹿みたいな言い方して！

けれど昨日の自分のヘタレぶりを思い出すと、あまり強く反論できないのだった。

「なるほど、参考にします」

村長はそう言って、レイラたちに深々とお辞儀をした。

「ぜひ、お帰りの際にお立ち寄りくだされ」

二人は村長に軽く会釈《えしゃく》して歩き出す。その背中に、村長から声が投げかけられた。

「火山の麓《ふもと》の村は、ここ数年ですっかり協会嫌いになっておる。気を付けなされよ」


旅路に戻ったレイラは、昨日一日お世話になった木の枝を杖にして、火山の麓の村に向かってのそのそと歩く。ルーナはというと、またレイラの荷物に乗っていた。

レイラは歩きながら、後回しにしていた疑問についてグレッグに尋ねる。

「ねえ、国中で水が出ないって本当？」

レイラの質問に、先を歩いていたグレッグが振り返った。

「本当だとも」

グレッグの説明によると、今、世界中が水不足に陥《おちい》っているらしい。その原因は、十数年前の火の精霊王と水の精霊王の喧嘩《けんか》で、水の精霊王の力が弱まっているせいだとされている。

その中でもドラート国は、他国よりも水不足が深刻だという。水が出る地域もあるようだが、それでもすべての住民が生きていくには不十分だそうだ。

「……初耳」

ショックのあまり思わず歩みを止めたレイラに、グレッグが眉をひそめる。

「本当に知らなかったのか？」

再度確認するグレッグに、レイラはぽつりと零《こぼ》した。

「だって、今まで普通に水が使えた」

レイラが住むフェランの街では、ずっと井戸から水が汲《く》めた。だから世界的な水不足であるなど、考えもつかなかったのだ。

「第一そんな話、フェランの街で聞いたことない」

レイラはフェランの街での日常を思い出したが、誰かが水に困っているような様子を見た覚えがない。普通に洗濯をしていたし、子供たちも暑い日には水遊びを楽しんでいたのに。

また、どこかの街が水に困っているという会話も耳にしなかった。

だが、一方で納得したこともある。薬屋が獣除《けものよ》けの薬を周辺の村から仕入れられないと言っていた件だ。

――薬を作るのにも掃除をするのにも、大量に水を使うもんね。

井戸で水が汲めないならば、あの薬を作るのは後回しにされるに違いない。薬作りの水よりも生活のための水が優先だろう。

納得するレイラの前で、グレッグが難しい顔をした。

「いくらなんでも、フェランの街の連中が呑気《のんき》なだけでは済ませられねぇぞ」

「……そうかも」

先程の村の状況を知ってしまえば、反論できない。

「俺はフェランの街に入って、一瞬幻を見てるのかと思ったからな」

他国からずっと旅をしてきたグレッグの目には、フェランの街の様子は異様に映ったそうだ。

すぐ隣の村は、乾いて毎日の生活もままならないというのに、当たり前のように豊かな暮らしをしているフェランの街。村どころか、ドラート国の王都でも、水不足で満足な暮らしができていないという。

――フェランの街の酒場で、料理に驚いていたのはそういうことか。

あの時食べたのは、ドラート国内の他の地域では考えられない豪華な料理だったのだろう。水が使えない地域では、保存食みたいなものを食べているのかもしれない。

――ま、私はフェランの街に住んでても固パンだったけどね！

これも全て、貧乏が悪いのだ。

「お前の連れてるその精霊は、なにも言わなかったのか？」

グレッグの問いに、レイラは荷物に乗ったルーナをちらりと見て首を横に振る。

「無理」

精霊は基本的に人間の生活に興味がない。レイラが尋ねれば、ルーナは先程のように火の精霊が水の精霊の役目の邪魔していると教えてくれただろう。しかし、レイラから尋ねない限り、水不足による人間への影響まで、ルーナは関心を持たないのだ。

むっつりとするレイラに、グレッグは大きく息を吐いた。

「お前が嘘をついていないことはわかる。俺も出発前日に街を歩いてみたが、あの街の連中は呆れるほど呑気《のんき》だったよ」

現在は王都よりも贅沢《ぜいたく》な暮らしをしていることなど、全くわかっていない様子の住人たち。グレッグが聞いたところによると、酒場の店主は街の外の情報を街中で喋《しゃべ》るなと言われていたらしい。

――薬屋の店主も似たようなものかな？

彼はなにかを訴えたそうな、はっきりしない物言いをしていた。妙なことを喋ったら罰を受けるのかもしれない。

「それに、さっきの村は協会から水を買っていたそうだ」

「協会が、水を売るの？」

グレッグの話に、レイラはさらに驚く。

協会はあくまで精霊術師の管理と斡旋《あっせん》を仕事としていて、商売をするなど聞いたこともない。その上グレッグが聞いた村長の話によれば、「フェランの街の水は火の精霊王が特別にご用意くださった尊《とうと》いもの」だと言われたのだとか。

「あいつら、呆れる……」

レイラは思わずそんな悪態をつく。他の地域の精霊術師が聞けば鼻で笑いそうな論理だ。

それにしても、フェランの街の協会の誰もが、こんな真似《まね》を止めようとしないとは。

『火の奴らが水を出せるわけないじゃん！　アイツらは燃やすしか能がないのに！』

レイラたちの話を静かに聞いていたルーナが、口を挟んだ。思えばルーナはさっき、火の精霊がイジワルをしていると言っていた。これもまた謎である。

――一体どういうこと？

レイラが荷物の上のルーナを振り返ると、ルーナがレイラの肩に移動してきた。

『あの井戸にいた水の精霊も、火の精霊にすっごくいじめられてボロボロだったんだからね！』

いつもはのんびり屋なルーナだが、仲間をいじめられたとあって、プンプンと怒っている。

「その精霊、なんて言ってるんだ？」

ルーナの声が聞こえないグレッグが、レイラに尋ねてくる。

「水が出ないのは、火の精霊のイジワルのせいだって怒ってる」

レイラがルーナから聞いた内容を説明すると、グレッグは顎《あご》を撫《な》でながら考え込む。

ルーナの言い分を整理すると、火の精霊のイジワルのせいで水の精霊が大変な目にあっているのに、水の精霊の働きの成果まで火の精霊に奪われているということになる。

――そりゃ怒るって。

レイラがルーナの怒りに納得していると、グレッグがボソリと言った。

「ドラート国でも水が出る地域は、そのことを知っていて対策したのかもな」

「……確かに、それは可能」

レイラもグレッグに同意する。

ルーナが言った通りならば、邪魔している火の精霊をどうにかすれば水が出るということなのだ。これは精霊術師から火の精霊に、イジワルしないように頼めばいい。

そのことがわかっているとしたら、王都にある協会本部から通達がありそうなものだ。

――あの街の協会の連中は、なにを考えてるんだか。

解決方法がわかっていながら水不足を放置していたと言われても、仕方のない状態だ。グレッグが言った通り、呑気《のんき》だという言葉では済まされない。水が得られなければ、最悪人や動物が死んでしまうというのに。

それに、フェランの街にはレイラという水の精霊を連れている精霊術師がいる。いくらレイラが大した精霊術が使えなくて協会との仲が最悪とはいえ、水不足ならばなにがしかの話が回ってきそうなものだ。

なのに、水が欲しいという依頼すらもらったことがない。他の街の協会からも、依頼が来なかったのだろうか？

――それって変だよね？

フェランの街に水の精霊術を使う精霊術師がいることは、別段隠していることではないはずだった。フェランの街が平穏でも、水に困っている他の街から依頼が来てもおかしくない。

なかろうか。
世界規模の水不足で、特にドラート国は深刻なのだから、水の精霊術師はうってつけの存在では

協会にとってレイラの存在が気に食わないから、なんてことでは済まされないなにかがある気がしてしまう。

「さっきの村が買っている水も、最近値上げすると言われたらしい。どうもそのあたりの事情が怪しいな」

グレッグの言葉に、レイラはぎゅっと眉根を寄せる。

周辺地域が水不足であることを知れば、フェランの街の住人の中から、水売りの商売を始める者が出てもおかしくはない。

——ひょっとして、水の売り上げを協会で独占するために、街の住人に黙っていた？

レイラと同じ考えに至ったのか、グレッグは最高に嫌そうな顔をした。

「あいつらは相当の悪党だな。レティス国の連中は水の精霊の事情だからと言って、ほぼ無償に近い形で水を売っているっていうのに」

もしこの推測が真実ならば、フェラン支部全体が処罰を受けるだろう。

「それにしてもお前のその精霊、実は結構強いのな」

レイラの肩にいるルーナを、グレッグが指で突《つつ》く。

「そう？」

ルーナを褒《ほ》められれば、レイラだって悪い気がしない。協会の連中のあくどさを知って下降気味

だった機嫌が、ちょっとだけ上向いた。

「火の精霊王のお膝下《ひざもと》じゃあ火の精霊の力が増すっていう話なのに、火の精霊を追い出すなんて」

『僕ってすごい～？』

グレッグの言葉に、ルーナが胸を張るみたいに身体を反らすので、レイラは小さく笑う。

「よし、頑張る！」

今回大活躍だったルーナに負けないよう、自分も張り切らなければ。そう決意してレイラは拳《こぶし》を握る。

「おう、まずは頑張って歩けや」

すると、グレッグに足が止まったままだったことを注意された。

こうして決意を新たにしたものの、レイラの歩みが速くなるわけではない。今日も何度も休憩を繰り返し、疲労回復の薬草を草のままモサモサと噛《か》み、口の中を青臭くしながら歩いていく。

何度目かの休憩の時、グレッグが道中で仕留めた兎を下処理していた。ちなみにどうして兎を仕留めたのかというと、レイラの歩みに合わせていると、暇だから手持ち無沙汰《ぶさた》なのだそうだ。兎は今晩の夕食にするらしい。

グレッグが兎を捌《さば》きながら言った。

「俺は、こういうのは素人《しろうと》だからわからんなりに思うんだがな」

「……なに？　兎の美味《おい》しい食べ方？」

グレッグの長い前置きに、レイラは首を傾げる。レイラとて、料理は人並みにやっている自信はあれど、さすがに専門家というわけではない。それに、どうすると一番美味しいかは人それぞれだ。

そんなレイラの意見を、グレッグが声を荒らげて遮《さえぎ》った。

「ちっげぇよ！　さっきの水不足の話だ！」

「ああ、それ」

兎の話ではなかったようだ。レイラが大人しく話を聞く態勢になると、グレッグは軽く咳払いをした。

「フェランの街だけが水に困ってないのは、お前の精霊がいたからじゃねぇか？」

グレッグが告げた内容に、レイラは眉を寄せる。正直、気にしたことがないからわからない。荷物の上を見やると、そこで伸びているルーナが尻尾をゆらゆらとさせて言った。

『僕は、自分のテリトリーの環境はちゃんとするよ～』

どうやらフェランの街の水が無事だったのは、ルーナが自分の領域の快適さを追求した結果らしい。

グレッグはレイラの通訳がなくとも、答えを察したようだ。

「やっぱり、火の精霊王が云々って話は関係なかったわけか」

「……みたい」

レイラがフェランの街に初めて来た時は、すでにルーナと一緒だった。自分が世界的な水不足に気付かなかったのは、ある意味ルーナのせいということだろうか。レイラは微妙な気持ちになって、今までの自分を振り返る。

——あれ？　ってことは、協会はルーナの働きを横取りして吹聴《ふいちょう》してるってこと？

ルーナはレイラが精霊術師になってから、ずっと一緒にいる存在だ。子供っぽいところがあるルーナを、家族みたいに思っている。

そのルーナに対する仕打ちを、許せるはずがない。

「……あの支部長、復讐してやる」

こっそり忍び寄って髪の毛をむしり、頭の毛根に大ダメージを与えるのはどうだろうか。レイラは復讐の内容を真剣に考える。

「やめとけ。お前運動苦手そうだし、逃げきれずに捕まるぞ」

グレッグの指摘により、レイラの計画は早々に頓挫《とんざ》した。


レイラたちが休んで歩いてを繰り返し、火山の麓《ふもと》の村が見えて来た頃には、グレッグが狩った兎肉がかなりの量になっていた。

木の枝の杖に片手で縋《すが》りついたレイラが、グレッグにもう片手を引いてもらいながら歩いた末——

「……着いた」

夕刻前、レイラたちはようやく村に辿り着いた。幸いなことに昨日よりも歩く距離が短かったため、日暮れ前に到着できたのだ。

『お疲れ～』

ルーナが荷物の上からレイラに労《いたわ》りの声をかけた。当初は荷物の上に乗って運ばれるだけのルーナにイラッとしたものだが、今となってはそれすらも億劫《おっくう》だ。

まだ空が明るいので、村にはちらほら人影が見られた。珍しい旅人の姿に村人の視線が注がれる中、レイラは邪魔にならない適当な場所に座り込んで休憩する。

――もうここで寝転びたい。

レイラが極度の疲労により大地と同化しようとしていると、グレッグが声をかけてきた。

「この村でも井戸を見に行くか？」

レイラはしばし考える。

ここは火の精霊が住まう火山の麓なのだ。火の精霊が邪魔をしているのが水不足の原因ならば、より火の精霊が活発であろうこの村が無事だとは考えにくい。となるとこの村も、協会による水の商売の餌食《えじき》になっているかもしれない。

「……ルーナがいいのなら」

レイラがちらりと見ると、ルーナは尻尾を振った。

『僕はいいよ～、いじめっ子な火の精霊をぎゃふんと言わせるんだ！』

ルーナは仲間がいじめられたことを結構怒っているようだ。

「じゃあ行く。ただし、もう少し休憩した後で」

方針は決まったが、まずはレイラ自身が動く気になるまで休憩だ。

しばらくして、歩けるまで回復したので、グレッグと井戸を見に行くことにする。井戸の場所はレイラが休憩している間に、グレッグが村の住人に聞いていた。

村の中央に進むと、一番大きな家があるあたりに、朱色の上着を着た数人の精霊術師の男たちがいた。

「……げっ」

嫌なものを見てしまったと、レイラは呻き声を上げる。

——あれってもしかして、火山の手前に陣取っているっていう協会の連中？

てっきり火山の登り口付近にいるとばかり思っていたら、こんな村の中にいたとは。予想外もいいところだ。

連中は宿として使っている家の前で、夕涼《すず》みをしているようだった。

「こんな埃《ほこり》臭くて陰気な村、早く出たいぜ」

「交代が来ないんだからしょうがない」

そう愚痴《ぐち》を零《こぼ》す彼らを、村人たちは遠巻きにして通りすぎていく。

「おい、早く飯《めし》もってこいよ。誰のおかげで水が飲めてるんだよ」

彼らの一人が、家の持ち主であろう者に向けてそんな暴言を吐いた。言われた方は一言も返さず、そそくさと家の中に入っていく。

協会の連中の態度に、周囲の村人はひそひそとささやき合うだけで、彼らを注意しようとしない。

連中の言いがかりを聞くに、この村の井戸も枯れているらしいので、そのあたりが原因と思われる。

——妙な因縁《いんねん》をつけられて、水が使えなくなると困るもんね。

それをいいことに好き放題とは、嫌な奴らだ。

「なるほど、精霊術師嫌いも納得だな」

その様子を見ていたグレッグが、ため息を零す。

「あいつら、魔物を見張ってるんじゃないの？」

――だったらこんな場所でぐだぐだやっていないで、火山にいなさいよね。

眉をひそめて連中に軽蔑《けいべつ》の眼差しを向けるレイラに、グレッグが首を横に振った。

「違うね、火山に入らないように人間を見張ってるんだ。火山への人の出入りを見張るなら、この村で事足りる」

グレッグの言葉に、レイラはしばし考え込む。

「……魔物が人を襲《おそ》わないようにじゃなくて、魔物がいることに気付かれないようにしている、そういうこと？」

薬屋の店主から聞いた時に思ったことを言ってみると、グレッグは鼻の頭に皺《しわ》を寄せて頷いた。

どうやら当たりらしい。

レイラが連中を観察していたところ、あちらもレイラの存在に気付いたようだ。一人の男が嫌らしい笑みを浮かべてこちらにやって来た。なんとなく見覚えはあるが、うろ覚えである。

「誰かと思えば、役立たずのレイラじゃないか」

彼はそう言うと大仰に腕を組んで、レイラを見下ろす。

「火の精霊術を使いたくなって、火の精霊王さまに縋《すが》りに来たのか？」

絡んできた相手を、レイラはちらりと見上げただけで、すぐに視線を逸らす。

――この連中の仲間だと思われたくない。

無視を決め込むレイラに、男がイラついて声を荒らげた。

「おい、なんとか言えよ！」

だがレイラは嫌そうな顔を隠しもせず、視線を合わせない。

「寄るな」

レイラがそう言ってしっしっと男を手で追い払うようにすると、相手は顔を赤くする。

「役立たずが、この私にそんな態度をとっていいと思ってるのか⁉」

レイラからぞんざいな扱いを受け、男が喚《わめ》きはじめた。協会の連中はどうしてこうも短気なのだろうか。

――ちょっと言われたくらいでキレるなんて、病気じゃない？

呆れているレイラの前にグレッグが進み出た。

「お前の方こそ人の相棒を意味なく貶《けな》して、タダで済むと思ってるのか？」

グレッグが凄《すご》むと、男は気圧《けお》された様子で後ずさる。ひょろっとした身体つきの男からすれば、体格の良いグレッグに凄まれるのは、恐怖以外のなにものでもないだろう。

しかし、これにはレイラも驚いた。まさかグレッグに庇《かば》われるとは思わなかったのだ。

――なんか、新鮮な気分！

レイラが、嫌味を言われているのに嬉しいという、微妙な気持ちになっていた時――

「グレッグ様！　お待ちしておりました！」

突然、華やいだ声が聞こえた。声の方を見ると、宿の中から出て来た女がこちらへ駆けてきている。

あれは確か支部長がいつも侍《はべ》らしている、お気に入りの精霊術師だ。レイラとグレッグの初対面の際に、一番グレッグに食い下がっていた娘でもある。恐らくレイラと交代させるために、支部長が彼女を先回りさせたのだろう。

レイラが女の正体に気付くと同時に、グレッグがうんざりした顔をする。

「うへぇ、追いかけてきてやんの」

二人が困惑している間に、女は近くにやって来た。

「もう、この私を待たせるなんて、案外焦《じ》らすのがお好きなんですね」

グレッグの隣に立ち、媚《こ》びを売る仕草をする女だったが、グレッグはそちらを見ようともしない。

――もしかして、グレッグのところに押しかけてた精霊術師って、この人？

グレッグの嫌そうな態度を見るに、この予想は外れていないだろう。彼女はふふん、と嘲笑《あざわら》うかのような視線をレイラに向けてくる。

「ここまでの旅で、思い直したでしょう？　そんな役立たずの落ちこぼれよりも、優秀な私の方がずっと役に立つって。しかも、そんな汚い格好……」

そう言って彼女は袖で口元を覆《おお》う。臭《くさ》いとでも言いたいのだろうか。だとしたらレイラと一緒に歩いてきたグレッグからも、確実に同じ臭《にお》いが漂《ただよ》っているはずだ。

「ふぅん、役に立つって？」

レイラは彼女をちらりと見た。

彼女の衣装は派手で靴も機能的とは言い難《がた》く、とても旅仕様には見えない。井戸が使えず水浴びもままならない村人と比べて身綺麗で、毎日水浴びをしている者の姿だ。

道中、汗と土埃《つちぼこり》にまみれてヨレヨレのレイラと比べれば綺麗なのは間違いないが、場違いなのは確実に彼女の方だろう。

しかも、宿の側に大トカゲがつないである大きな馬車が停まっているのを見るに、あれに乗って水浴びの水を運んできたに違いない。

——水の出ない村に、水浴び用の水を運んできたの？

フェランの街ではレイラだって当たり前にしていた水浴びだが、前の村で水騒ぎを経験した後なので、その呑気《のんき》さに呆れてしまう。村の人たちから見たら、さぞ嫌な奴だっただろうに。

——そんなアホな行動を抜きにしても、この人が役に立つとは思えないけどね。

目の前の女もレイラと同様で、グレッグの旅について行けるとは思えない。それとも自分と一緒だったら、大トカゲを使えたぞと言いたいのだろうか？

だが、生憎《あいにく》大トカゲが必要なのはレイラであり、グレッグはこれまでずっと徒歩の旅だったそうなので不要だろう。

それに火の精霊術師が得意とする攻撃の術だって、今までの旅の間に役立ったかどうかは不明だ。なにせ獣に襲《おそ》われても、グレッグが一人で対処してしまうのだから。

——この人が役に立つのって、火種くらい？

レイラが旅における火の精霊術の有用性を考えている間にも、彼女の売り込みは続く。

「グレッグ様、その女は捨ておいて、こちらにいらして下さいな」

「しつけぇなアンタも。言ったろう、今回は役立たずはアンタらの方だって」

グレッグがズバッと女の申し出を断った。

「なにを……」

役立たずと言われた女はぐっと唇を噛《か》み締める。

「いくら高名なグレッグ様でも、言って悪いことがありますぞ！」

「支部長様はあなたのためを思って、こうして手配しているというのに！」

他の協会の連中も、グレッグの発言に抗議してくる。味方に援護されて気分を持ち直したのか、女はキッとレイラを睨《にら》んで叫んだ。

「私よりも、そんな女がいいというの⁉」

どうやら、女としてのプライドが傷ついたようだ。

「私の方がずっと美人だし、スタイルもいいし、男にとっていろいろといいことがあるじゃない！」

彼女の言い分に、レイラは呆れて声もない。

——この人はなにしに来たんだろう？

レイラは精霊術師としてグレッグに同行を求められたのだ。それをまるで、物見遊山《ものみゆさん》の同行者みたいな言い方をする。

それに彼女の格好は、今から火山に登るグレッグに同行するためのものではない。むしろ、男を宿に引き留める商売女みたいだ。

それにしてもこんなところまで追いかけてこさせるなんて、支部長もよくやるというか、しつこすぎはしないだろうか。

それほどレイラが活躍するかもしれないのが嫌なのか、それとも……

——火山になにかある、とか？

支部長はレイラたちを火山に入れたくない、というのは考えすぎだろうか。

「レイラ、そんな奴らは無視だ無視。井戸を見に行くぞ」

「……わかった」

協会の連中を相手するのに疲れたグレッグに促《うなが》されたので、レイラは頷く。この連中を相手にするよりも、大事なことがあるのだ。

「……!?　なにをする気だ、きさまら！」

井戸と聞いた協会の連中が、にわかに慌て出す。

「教えてやる義理はない。行くぞレイラ」

明らかに強そうなグレッグが睨《にら》みつけると、彼らはすぐに尻込みした。

連中を無視して、レイラたちは井戸へ向かう。

「なんだなんだ」

協会の連中と旅人が揉《も》めている様子を、村人たちが何事かと野次馬していた。

「きさまらは散れ！　燃やされたいのか！」

協会の連中はそんな野次馬たちを蹴散《けち》らしながら、レイラたちを追おうとする。だが明らかに焦っている協会の連中を見て好奇心を刺激された村人たちが、距離をとりながらついてきてしまう。

「うるさそうだから、さっさと済まそうぜ」

グレッグがちらりと後ろを振り返る。協会の連中が宿の中へ応援を呼んでいるようだ。

――邪魔が入らないうちに、やることをやってしまうに限るね。

レイラは荷物に乗っているルーナを見る。

「ルーナ、どう？」

『いるね～、火の精霊』

ルーナはぴょいっとレイラを足がかりにして井戸の縁《ふち》に下りる。

『ちょっと行ってくる！』

そう言って、ルーナは元気に井戸へ飛び込んだ。

「ああっ⁉」

ようやく追って来た協会の連中が、ルーナが井戸の中に消えたのを見て叫び声を上げる。そして井戸に駆け寄ろうとするのを、グレッグがその逞《たくま》しい身体で止めた。

「なんか文句でも？」

グレッグが凄《すご》んでみせると、連中は怯《おび》えながらも抗議してくる。

「い、井戸に、得体の知れぬ生き物を……」

しかしグレッグの迫力に負けて、尻すぼみになった。弱きに強くて強きに弱いとは、ヘタレにも程がある。

それに水の精霊を得体の知れない生き物とは、間違っても精霊術師の言うセリフではないだろうに。

「アレは水の精霊だぞ？　水が出るかもしれねぇだろうが」

遠巻きに野次馬をしている村人に聞こえるよう、グレッグはわざと大声で言う。

「……水の精霊」

「……旅の方が、水の精霊を連れて来なさった」

話が瞬《また》く間に広まっていく様子に、協会の連中は動揺している。

「……おい」

「このままだと……」

連中が小声で議論しているが、レイラはそれを無視して井戸を覗き込む。

「……あ」

そう時間を置くことなく、一筋の水が井戸の中から勢いよく上がり、レイラの肩に乗る。すると、その水がルーナの姿になった。

『火の精霊を追い出したよ！　水の精霊も元気になった！』

「ご苦労様、ルーナ」

褒《ほ》めてもらおうとレイラの首にすり寄るルーナを、レイラは指先で撫《な》でる。協会の連中は呆然とするばかりで、もう文句も言えずにいた。

「終わったか？」

そんな連中を放って、グレッグは井戸に近付き、桶を中に投げ込んだ。長い空白の後にポチャンと水の音がした。

「おぅい村の衆！　井戸に水があるぞ!!」

グレッグがそう叫ぶと、遠巻きにしていた村人たちが協会の連中を押しのけてどっと井戸に押し寄せる。

「きさまら来るな！」

「水は我々が管理して……」

連中は村人たちを押しとどめようとするが、そんな声に従うはずもない。村人たちはグレッグから受け取った綱を引き、井戸から桶を引き上げる。

「本当よ、桶に水が入ってる！」

「水だわ、冷たい！」

村人たちは桶に入っている水の感触を確かめて、喜び合った。

「いいことした」

はしゃぐ村人を見て、レイラは満足気に頷く。

『僕エライ？』

「エライエライ」

ルーナがキラキラした目で聞いてきたので、レイラは微かに微笑《ほほえ》んだ。

一方、一連の様子を見ていた協会の連中は顔色を悪くしていた。

「火の精霊を追い出したなんて、なんてことを！」

「そんなことをしたら水が……！」

うっかり口を滑らせたらしい連中の一人が、はっとしたように口をつぐむ。

これを、グレッグは聞き逃さなかった。

「そんなことをしたら、どうなるっていうんだ？」

グレッグがギロリと睨《にら》めば、男は顔色をさらに青くする。

「水が売れなくなるもんなぁ？　おたくらはわざと、水が出ない状態を放置してたんだろう？」

グレッグがズバリと言うと、連中は身体を震わせた。

「なっ、なんという言いがかりを！」

「我々は、善意で……！」

しかし、反論の言葉も尻すぼみになる。

「だってよぉ、このレイラはお前らと同じフェランの街の精霊術師だろうが。こんなにあっさり水が出せるんなら、こいつに早く頼めば解決した問題だ。それなのに俺が連れてくるまでレイラを派遣しなかったなんて、悪だくみを疑うってもんだろうが」

グレッグの追及を聞きつつ、レイラは協会の連中に冷たい眼差しを向ける。

「……！」

じっとりとした視線で睨《にら》むレイラに、連中は言葉が出ないようだ。

「おい、なんだ」

「揉《も》めているみたいだ」

グレッグと協会の連中のやり取りに気付いた村人たちが、次第にこちらに注目しはじめる。

「くそっ……」

村人の視線を受けた連中は、次第にレイラたちから後ずさっていく。

「自分の身の振り方を考えろよ？　隣村でも村の連中の前で派手に水を出したからな、いずれ話を聞いた奴らが本当のことに気付くさ」

グレッグが念を押すと、連中は慌てて宿へ駆け戻って行った。グレッグに執着していた女精霊術師も近寄ってこない。

連中を見送っていると、村人たちの中から村長らしき老人が進み出てきた。

「旅のお方、これは一体……」

村長がグレッグに事の次第を尋ねてくる。

「ああ、俺の相棒は水の精霊を連れた精霊術師でな。このあたりの現状を憂《うれ》いて水の精霊に頼んでくれたのさ」

グレッグはレイラを自分の連れだと強調して、協会の連中との関係をうやむやにして話す。

「あの白蛇が……」

「水の精霊だと……」

ザワザワと話が広がっていく中で、村長は少し考えるように顎《あご》を撫《な》でた。

「あの、それではぜひお礼を……」

村長はまだ上手く事情が呑み込めていないなりに、レイラたちのおかげで自分たちが助かるということは悟ったようだ。

だが、グレッグは首を横に振った。

「いや、いい。ああして揉《も》めた協会の連中と一緒にいたくないからな、今夜は火山の入り口あたりで野宿するさ」

「……さようですか」

村長も無理に引き留めたりはしなかった。協会から長く被害を受けていた村だ。前の村の村長が忠告した通り、精霊術師嫌いは深刻に違いない。精霊術師への恩義と疑念の間で、揺れ動いているのだろう。

「ほれ、暗くなる前に行くぞ、レイラ」

「……うぅ」

グレッグに促《うなが》され、レイラは渋々頷く。全身クタクタなレイラとしては、このまま村長の厚意に甘えたいところだが、グレッグの心配していることもわかるのだ。

今は感謝してくれているかもしれないが、レイラがフェランの街の精霊術師だと知れば、感謝の気持ちはすぐに「どうしてもっと早く来てくれないんだ」という怒りに代わるはず。村人たちにとって、レイラも嫌いな精霊術師の一人に変わりないのだ。

——余計な疑いを持たれる前に、村を出るに限る。

そう自分に言い聞かせて、レイラは足を動かした。

「今、火山は危険です、お気を付けなされ」

去っていくレイラたちの後ろ姿に、村長がそう声をかけた。


火山の麓《ふもと》の村を出て、レイラたちは道の傍《かたわ》らにある木の陰で野宿することになった。

「まずは、獣除《けものよ》けを焚《た》くか」

そう言ったグレッグがおこした火に、獣除けの薬を放り込む。たき火で燃やされた薬がじきに微かな異臭を放つが、このくらいの臭《にお》いは獣に襲《おそ》われるよりもマシだ。

臭《くさ》い思いをして作っている薬も、こうして人様の役に立っているのだと目の当《ま》たりにして、感慨深いものがある。

グレッグが念のため獣除けの罠を張りに行っている間、レイラは夕食の準備をすることにした。

グレッグには非常に不安そうな態度を取られたが、これを譲るつもりはない。

レイラたちは昨日の夜から今日の昼まで、携帯食である固パンしか食べていない。いくらレイラにとって慣れた食事だとはいえ、一日中歩いた身体に固パンでは物足りなかった。

明日は火山に登るのだから、ちゃんと調理した精のつくものを食べたいし、グレッグに料理ができるところを見せてやりたいと思っていた。

——昨日の失礼な態度を謝らせるんだから！

レイラは道中グレッグが狩った兎を使って、温かいスープを作ることにした。日中は暑いドラート国だが夜はそれなりに冷えるので、スープは最適な料理と言えよう。

グレッグが携帯調味料を多少持っていたので、それを事前に貰っている。

「ふんふんふ～ん♪」

レイラが鼻歌交じりに鍋をかき混ぜていると、グレッグが戻ってきた。

「お、なかなかいい匂いじゃねぇか……」

幾分かホッとした様子で近寄ってきたグレッグは、鍋を見てピキリと固まる。

「待て待て待て！」

そして再び動き出すと、叫びながら鍋を覗き込んだ。

「なに？　もうちょっとで出来上がるのに」

レイラはスープからアクを取り除きつつ、うるさそうにグレッグを見上げた。そんなレイラに、グレッグが頬を引きつらせる。

「なにやらスープがおかしく見えるのは俺だけか？　なんだこの色は！」

グレッグがなにに驚いているのか、レイラにはさっぱりわからないものの、とりあえず鍋の中身について説明する。

「薬草の色」

レイラはそう答えて首を傾げた。

——なにも変じゃないのに。

鍋の中身は、薬草が染み出て紫色に染まっている。

精のつく食材をふんだんに入れた健康鍋に、どんな不満があるというのか。味と効能は保証できるので、見た目くらいで文句を言わないでもらいたい。

「なんの薬草だよ」

怪しいものを見る目つきで、グレッグが鍋の中身を凝視している。レイラは失礼な男だと思いつつも、薬草に疎《うと》いらしいグレッグに教えてやった。

「滋養強壮」

現在のレイラに最も必要な効能と言えよう。

これは、二日間歩き詰めで疲れた身体を癒《いや》そうと、レイラなりに工夫した結果だ。道中、休憩しながら採取した薬草を惜しみなく入れたので、色も濃いめに出ているが。

「ん、完成」

うまい具合に味が染みたところで、レイラはグレッグの器《うつわ》にスープをよそってやった。

「どうぞ」

レイラが差し出す器を、グレッグは恐る恐る受け取って匂いを嗅《か》ぐ。

「……大丈夫なんだろうな、これ」

癒し料理に対してそんなことを言うとは、重ねて失礼な男だ。失礼男は無視して、レイラは自分の分の器にもスープをよそって口をつけた。

「うん、美味《おい》しい」

薬草のちょっとしたほろ苦さと兎の旨味が混ざり合って、なかなかいい味を出している。

——あぁぁ、薬草の成分が身体に染みわたるぅ……

レイラが自画自賛しながらスープを食べていると、それを見たグレッグが目を閉じて恐々《こわごわ》といった様子でスープに口をつける。直後、かっと目を見開いた。

「……うそだ、この見た目でこの味は嘘だ！」

そう叫んだ後、なにかに絶望したような顔でスープを食べる様《さま》は非常に滑稽《こっけい》なのだが、美味《おい》しい料理を食べる顔ではない。

「スープの味が身体に染みて美味《うま》いなんて、騙《だま》されているに違いない！」

「グレッグ、うるさい」

スープに対する感想を自身で否定しつつスプーンを動かすグレッグに、レイラは苦情を申し立てる。

——美味《おい》しいんだったら、それでいいじゃないのさ！

兎肉がたっぷり入った豪華なスープに文句を言うとは贅沢《ぜいたく》な男だと思ったけれど、よく考えれば兎肉を用意したのはグレッグだ。ならば食材提供者の文句くらいは、聞き流してやるのが大人の流儀かもしれない。

レイラが寛大な心で失礼男を許していたところ、グレッグが尋ねてきた。

「お前の師匠とやらは、これを素直に食べたのか？」

「もちろん」

師匠は「変わっているな」と毎回言っていた気もするが、ちゃんと完食してくれた。

「すげぇ精神力……いや、慣れなのか？」

グレッグはぶつぶつ呟きながらも、スープを完食した。

一人だけ騒がしかった夕食を終えれば、あとは寝るばかりだ。ルーナはすでにとぐろを巻いて寝ている。

「《水の玉》」

レイラは水を出して鍋を洗うと、再び精霊術で鍋の中に水を張った。それで顔を洗い、軽く首筋などの汗をぬぐう。

グレッグにも同じように鍋に水を出してやった後、レイラは足に筋肉痛の軟膏《なんこう》を念入りに塗った。

――それにしても、この鍋がこんなに活躍するなんて、薬屋の店主に感謝しなきゃ。

そう考えて、フェランの街方面を拝むレイラだった。

寝る前の後始末を終えたレイラが、荷物を枕にして地面にごろんと横になると、グレッグがたき火の世話をしながら尋ねてくる。

「お前、いつからドラートにいるんだ？」

そういえばレイラは最初の自己紹介の時も、孤児であること以外は話していない。

「知らない。いつの間にかドラートにいた」

「なんだそりゃ」

正直なレイラの答えに、グレッグが眉をひそめる。

「だって自分がどこの生まれとか知らない」

するとグレッグが押し黙った。

これからしばらく一緒にいる相手に、別段隠しておかねばならない話ではない。レイラは己の身の上を簡単に告げることにした。

「私、物心ついた頃にはドラートの孤児院にいた。たくさんの場所に移るのを繰り返したから、最初にどこにいたのか覚えていない」

ドラート人は褐色《かっしょく》の肌に赤毛が特徴で、レイラの外見は明らかにそれとは異なる。これが原因でレイラは孤児院や里親と馴染《なじ》めず、あちらこちらをたらい回しにされたのだ。

「……なるほど。だから納屋《なや》で寝ていたって話か」

グレッグは詳しく聞かずとも、レイラの見た目がドラート人らしくないことから、幼少期の扱いを察したようだ。

孤児は十歳になる前に、たいていどこかの家の下働きに売られていく。ドラート人は成長が早く、場合によっては五歳で売られる子供もいる。

一方でいつまでも小柄なレイラは、野良《のら》仕事をこなせない穀潰《ごくつぶ》しだとされていた。

五歳を超えても二、三歳のドラート人程度の体格しか持ち合わせないレイラの働き口は、春を売るくらいしかないだろうと言われる始末。

実際、何度かそういう商売の者と引き合わされたが、買い手がつかなかったので売られなかっただけなのだ。

けれど、このままでは最悪な人生しか待ち受けていないと考えたレイラは、どうしても現状から逃げ出したくて、いろいろな小遣い稼ぎをした。現在薬草に詳しいのも、ろくな食事が出されなかったので、食べられる草を探した成果だ。

ある里親のもとで暮らしていた時、レイラと同じ空間で寝起きすることを家人が嫌がったため、納屋《なや》で寝ることとなった。家人からすれば、レイラを追い出すための嫌がらせも兼ねていたのだろう。

——でも、私には幸運だったけどね。

屋根があり雨風がしのげて個人の空間が持てるというのは、孤児院の台所で寝起きしていたこともあるレイラにとって、破格の対応だった。

そうやって厳しい幼少期を生き抜いた末に、出会ったのが師匠だった。

「最後の里親の近所に住んでいたのが、私の精霊術の師匠」

レイラが師匠と出会った当時住んでいたのは、今いる場所とは反対側の麓《ふもと》にある村の、里親の家だ。

ちなみに火山の反対側は、レティス国へと繋がる道がある。この火山は国の中央で交通を分断するような位置にあるのだ。

師匠はたまたま、精霊の調査のために里親の家の近所に滞在していた。ルーナと出会ったのもその頃で、師匠の調査に強引について行った際に見つけて、仲良くなったのだ。

師匠と初めて会った時、レイラは精霊術師の資質があると言われた。今の環境から逃れて独り立ちしたかったレイラは、そのまま師匠の押しかけ弟子となった。そうしてすぐに、火の精霊と性質が合わないことが発覚したのだ。

レイラは火の精霊術を使えず、水の精霊術しか使えない。これには生まれが関係しているのかもしれない、と師匠に言われた。

外見の特徴から考えて、レイラの両親はレティス人だろうと師匠は考えた。湖の国レティスは、水の精霊王の住まう国である。

師匠は若い頃に世界中を旅した人だったので、ドラート人でありながらも火の精霊術が使えないレイラを差別したりはしなかった。

だが、他のドラート人の精霊術師は違う。レティス人らしき孤児が火の精霊が嫌う水の精霊術を使うとして、レイラは仲間の精霊術師から嫌われる存在となった。

「でも私はマシな方。孤児でも独り立ちできたから」

孤児の中には、ろくな食事が与えられず餓死《がし》する子供も少なからずいる。レイラだって昔はいつもお腹を空《す》かせていた。そこから抜け出せたのは、ひとえに師匠と出会えたからだ。

「……そうか」

グレッグはこの話を聞いてもレイラに同情するでもなく、静かに頷くだけだ。それは、妙に慰《なぐさ》められるよりも存外心地良いものだった。

「お前、マイペース女のくせに、波乱万丈なんだな」

グレッグにしみじみと言われる。

「……どういう意味？」

レイラが尋ねると、グレッグがニヤリと笑う。

「図太いって褒《ほ》めてるんだよ」

本当に褒められているのか、レイラには判断がつかない。しかし、かわいそうにと上《うわ》っ面《つら》だけで同情されるよりもマシな気がした。

「お前が精霊術師になったのはいつだ？」

感傷に浸《ひた》っているレイラに、グレッグがまた尋ねてくる。

「師匠に弟子入りしたのは、たぶん六、七歳の頃」

レイラは指折り数えて答えた。

「なんでお前は、あの街で精霊術師をやってるんだよ」

グレッグのこの質問への答えは、実に簡単なものだ。

「師匠があの街の協会の、前の前の支部長だったから」

異国人の孤児であるレイラが自力で協会へ登録するには、ドラート国の人々は排他的すぎた。なのでレイラの師匠がコネを使って、弟子の独り立ちを助けてくれたのだ。

押しかけ弟子であるレイラにも、師匠は優しい人だった。まだ子供だったレイラを育てる環境を整えるために、師匠は知り合いを頼ってフェランの街へ移住したのだ。

その知り合いというのが大家のおばさんである。そんな理由もあり、レイラはおばさんに頭が上がらない。

——私の親みたいな人って言ったら、師匠だよね！

レイラにとって、師匠と暮らしていた時は、最も穏やかに生活していた時期だ。

幸いなことに、前支部長はさほど異国人を差別する人ではなかったので、精霊術師として独立した当初は普通に生活ができた。他の精霊術師とも、仲良くとまではいかないものの、それなりの関係を築けていたのだ。

「でも私がフェランの街で独り立ちしてしばらくして、前支部長がドラート国王都にある協会本部に招かれた」

いわゆる本部への栄転である。喜ばしいことだが、そのせいで現在の支部長に交代となったのがレイラの転機となった。

支部長は初対面から、レイラをあからさまに差別する態度を取った。協会の連中もすぐに新しい支部長におもねりはじめ、レイラを精霊術師として認めなくなる。

フェランの街の協会は居心地が悪くなり、孤児院時代へ逆戻りしたようだった。そして急激に生活が苦しくなり、今のボロ家に住まうはめになったというわけだ。

「今は街を出る資金作りとして、薬屋で小遣い稼ぎ中だった」

レイラが現在までをざっと話すと、グレッグが深いため息を漏《も》らした。

「お前、どこの国でも精霊術師ってのはたいてい、いい暮らしをしているもんだぞ？」

「だって、依頼来ない」

仕事がなければ金は稼げないのだから、貧乏なのはレイラのせいではない。依頼をよこさない協会のせいだ。

「で、肝心の師匠はどうしたよ？」

「私が独り立ちすると、どこかに旅に出た」

師匠は元々、一所に留まるのを嫌う性格なのだ。それが孤児であるレイラのために、長くフェランの街に留まってくれていたのだから、これ以上甘えるわけにはいかない。

レイラの長い自分語りを聞いて、グレッグは夜空を見上げて顎《あご》を撫《な》でた。

「お前が師匠に弟子入りしてフェランの街に来たのと、水不足が始まった時期が被るな」

グレッグの発言に、レイラは記憶を手繰《たぐ》り寄せるように考える。

——だから私みたいにフェランの街から出ないで暮らしている人は、水不足に気付かないんだ。

水があるのは全てルーナのおかげなのだが、水不足の事実を知らない者には、水があることへの感謝の気持ちなんて持ちようがない。

「だがあの支部長は、お前の存在のおかげでフェランの街の水が豊かなことを、最初から知っていたはず」

レイラの情報を整理したグレッグが、目を細めて言った。初めからフェランの街にいた住人ならばともかく、後からやって来たという支部長は、フェランの街の異常さにいち早く気付いたはずだとか。

「協会の連中は、どうしてもお前に依頼を回したがらなかった。奴らの自尊心の問題かと思っていたが、そうじゃねぇってこったな」

レイラが呑気《のんき》にしているのをいいことに、水に関してなんの情報も与えず、手柄を全て横取りしていたと考えるのが妥当なのだそうだ。

「街の出入りが妙に厳重なのも、旅人から入る情報を規制することで街の住人を無知のままにするため。そうすることでレイラに世界的な水不足について知られないようにしていたからだろう」

レイラがいなくなれば水の精霊もいなくなり、豊富な水源を失ってしまうことになる。

——え、私って無料で水が汲《く》める水瓶《みずがめ》として確保されてたの？

支部長に嫌味を言われながらそんな風に利用されていたとは、まさに踏んだり蹴ったりだ。

「しかも、お前の師匠は協会のお偉いさんだったんだろ？　師匠繋がりでよその支部に知られたら、大事どころじゃないもんな」

この推測が正しければ支部長の企《たくら》みは全て、レイラがいるから成り立っているのだ。

グレッグの口から次々と語られる推理に、レイラは唖然とする。

出会って四日しか経っていないグレッグが、こうもあっさりとレイラの周囲の悪事を暴《あば》くとは。

グレッグが世間慣れしているのもあるのだろうが、レイラ自身が今まで周囲に興味を持っていなかったせいもあるだろう。

「……ドラート人の異国人嫌いが原因で、こんな風にされるんだとしか思ってなかった。師匠以外、どうせドラート人はみんな同じだって……」

レイラの告白に、グレッグはなにも言わない。

周囲は世間体があるからそれなりに親切にするだけで、化けの皮を剥《は》げば、みんな孤児院の者や里親と同類だ。薬屋がレイラに親切なのは同じ異国人のため、レイラはずっとそう考えてきた。

それに、自分が異国人で水の精霊術師だから、この扱いは仕方ないのだと諦めていた。諦めるのは楽だ、頑張る必要がなくなるから。諦めることに慣れたら、頑張らずに生きる方法ばかりを求めるようになる。

——でも、そんな生き方をするために、精霊術師になったんじゃない。

グレッグと話しながら、レイラは師匠と会った時の気持ちを思い出していた。虐《しいた》げられる生活から逃れ、自分の足で歩く生き方がしたくて、里親の家を飛び出し弟子入りしたのだ。

昔、師匠だって言っていた。精霊はみな等しく尊《とうと》い存在だと。好む精霊があってもいいが、その他の精霊を卑下《ひげ》してはいけないのだと。

それなのにレイラは自分自身でずっと水の精霊術を卑下していた。これは、自分だけのことではなく無意識に水の精霊を——枯れた井戸を豊かな水が出る井戸にあっさりと戻してみせたルーナを、諦めて卑下していたことになる。

我ながらこんな馬鹿な話はない。たとえ支部長に嵌《は》められたのだとしても、グレッグに言われるまで気付かないとは情けなさすぎだろう。

——ちゃんと考えなきゃ。

そう強く思ったレイラは、横になったままぎゅっと目を強く閉じる。そんなレイラの頭を、グレッグが手を伸ばしてグシャグシャにかき混ぜた。

「今日もいろいろあって疲れたろう、もう寝ろ」

目を開けて見上げると、グレッグには寝る様子がない。

「……そっちは？」

レイラが尋ねたところ、グレッグは肩を竦めてみせた。

「野宿で二人とも寝るわけにゃいかねぇだろうが。見張っててやるから、早く寝ろ」

言われてみればその通りだ。いつ獣が襲《おそ》ってくるかわからない状況では、見張りを立てる必要がある。そんなことすら、レイラはグレッグに言われて初めて気付いた。

自身のダメっぷりに落ち込むレイラに、グレッグがにかっと笑ってみせる。

「俺は一日二日寝なくても、どうってことない」

ここでごねても、くたびれて今にも寝てしまいそうなレイラには、見張りを代わってやることなどできないのだ。ならば明日に備えて、しっかりと休むべきだろう。

「……おやすみ」

そう言ってレイラは再び目を閉じた。

――でも、不思議。

レイラは師匠以外、これほど長時間誰かと行動を共にした経験はない。孤児院や里親のもとでも基本的に放置されていたし、自分でも少々人見知りの気があることをよく知っていた。

なのにグレッグと一緒にいても疲れない。

時折会話が噛み合わないことはあるが、それでグレッグが怒るということもなく、むしろレイラを助けてくれている。さっきだって村の中で、レイラを「俺の相棒だ」と言って協会の連中から庇《かば》ってくれた。

師匠から独立して初めてではなかろうか。レイラが誰かに守られていると実感したのは。

そんな想いに満たされながら、レイラは眠りについた。

第三章　竜の卵

翌日の早朝、レイラたちは朝食の固パンを水と共に流し込むと、さっそく火山に出発した。

目的は、火の精霊の加護を受けた竜の卵だ。

「竜はきっと火の精霊が好む火口付近に、巣穴を作っているに違いない。さっさと巣穴を見つけて、卵をとって帰りたいところだな」

グレッグが今後の展望を述べる横で、レイラは火山を見上げてげんなりしていた。

――ということは、頂上付近まで登るのか。

平地を歩くのも大変だったのに、山を登るのにはどれほど労力がいるのだろう。

「……時間かかりそう」

レイラは考えただけで、今からぐったりしてくる。

寝る前に小難しいことを悶々《もんもん》と考えていたレイラだったが、歩き通しで身体が疲れていたこともあり、すぐに眠りに落ちた。グレッグに揺り起こされるまで起きなかったという爆睡ぶりである。

我ながら実に神経が図太い。

そして幸いなことに、若さゆえか、はたまた軟膏《なんこう》のおかげか、足の筋肉痛もさほど酷くなかった。

もしくは、夕食の滋養強壮スープの恩恵かもしれない。

――よし、しっかり休めたし、頑張ろう。

すっかりレイラの旅のお供となった、木の枝の杖を握る手にも力が入った。

グレッグがレイラのペースに合わせてくれるので、のんびりと山道を登っていく。

「火山に来るの、久しぶり」

赤茶けた山肌にぽつぽつと緑が生えている景色を、レイラは懐かしい思いで見回した。

「なんだよお前、来たことがあるのか？」

尋ねてきたグレッグに、レイラはきょろきょろしながら答える。

「こちら側から入ったことはないけど、反対側から入ったことがある」

レティス国方面の麓《ふもと》の村は、火山から少々離れており、子供の足で火山へ行くのは一苦労だった。

当時のレイラが、それでも火山に通っていたのには理由がある。

「火山で採れた物は高価で売れる。小遣い稼ぎにぴったり」

レイラは今でこそ運動不足でへたっているが、昔は無駄に元気な子供だったのだ。その時の気分を思い出して目をらんらんと輝かせ、生えている草を念入りに観察する。草がだんだんお金に見えてきた。

そんなレイラの様子を見たグレッグが苦笑している。

「目的は竜の卵だが、ついでに採取はいいだろう」

「よし！」

相棒の許可が出たので、レイラは張り切って採取に勤《いそ》しむことにした。地面に這《は》いつくばらんばかりのレイラに、グレッグがふと思い出したように言う。

「そういや薬屋の店主も、火トカゲがどうのって言ってたな」

レイラもそのことを思い出す。あの店主の顔は明らかに期待している顔だった。

「今は火山に入れないから、火トカゲの干物が不足しているらしい」

「なるほどな」

二人でそんな会話をしながら火山を登っていく途中、レイラは青い花の咲いた植物を見つけては千切っていく。

「そりゃなんだ？」

歩みが遅れがちなレイラを振り返り、グレッグが聞いてきた。

「熱さましの薬の元」

グレッグの質問に答えつつ、レイラは集めた花を事前に用意していた麻袋に詰める。荷物を最小限にしたのは、採取物を持ち帰るためでもあったのだ。

「お前、そういうのに詳しいよな」

訝《いぶか》しむグレッグに、レイラは花を詰めた麻袋を振ってみせた。

「昔からこれで小銭を貯めていた」

食べられる草が売れると気付いて以来、レイラは草ばかり見て育った。薬屋の店主からも、妙な薬草に詳しいと感心されたほどだ。

——精霊術師になってまで、草を探す生活をするとは思わなかったけどね。

自分のこれまでの生活を振り返っていると、ルーナが荷物の上からレイラの肩に移動してきた。

『ねえ、火トカゲがいるよ』

ルーナに教えられた方向を見たところ、炎のように見える鬣《たてがみ》を持つトカゲが岩陰にいた。その鬣の特徴から、火トカゲという名前がついたらしい。あれが薬屋の欲しがっていたものだ。不足しているのだから、きっと高価で買い取ってくれるに違いない。

「グレッグ、あれとって」

レイラは火トカゲに気付かれないように、グレッグの袖をぐいぐいと引きながら小声で頼み込む。

グレッグもレイラに言われた方を見て、火トカゲに気付いた。

「自分でとらねぇのかよ」

グレッグはそう聞いてくるが、その顔には、レイラには無理だと思っているのがありありと表れていた。

「できるわけない」

レイラも断言する。平地を歩くのにも難儀しているというのに、こんな山でトカゲを追いかけて捕まえるなんて、途中で転ぶ未来しか見えない。

「仕方ねぇなぁ」

グレッグはそう零《こぼ》すと、その大柄な身体からは想像できない身軽さで、ひょいひょいと岩陰まで駆け上がる。そしてグレッグに気付いて逃げようとする火トカゲを、あっさりと捕まえた。

「やった！」

グレッグが火トカゲにとどめを刺しているのを見て、レイラは歓声を上げる。

「ほれ」

戻ってきたグレッグが、レイラに火トカゲを差し出した。

「感謝、感謝」

それをホクホク顔で受け取ったレイラは、すぐに革袋に入れる。

革袋は精霊術によって中が冷えているので、急いで火トカゲを下処理しなくてもいい。いろいろヘタレなレイラだったが、金を稼ぐ準備は万全なのだ。

ちなみにこの冷やす精霊術は、ルーナの協力がなければ使えない術だったりする。

「お前、そんな準備だけはしっかりしてたんだな」

「なんとでも言って」

用意周到さに呆れるグレッグに、レイラは胸を反らす。

その後も、グレッグが三匹ほど火トカゲを捕まえてくれた。これで帰ってからのレイラの財布の中身が裕福になるというものだ。

「大猟、大猟」

『よかったね、レイラ』

とてもご機嫌なレイラに、ルーナも嬉しそうにしている。たぶんルーナはこの二日間、レイラがずっと不機嫌そうに見えたから気にしていたのだろう。不機嫌の主な理由は歩き疲れにあるのだが。

ルーナにも心配をかけていたことに、レイラは申し訳ない気持ちになる。

「帰ったら、ルーナに美味《おい》しいお酒を買ってあげる」

『ホント？　約束だよ！』

お酒と聞いて、ルーナが喜んだ。

こんな風にあちこちをフラフラしながら採取するので、余計に歩みが遅くなっているのだが、レイラは山登りよりも採取が優先であった。

「焦ったところで、親竜に見つかったら逃げなきゃならねぇしな。のんびり行くか」

グレッグはすでに諦めたのか、達観した意見を述べる。初めに採取を容認したことを、後悔しているのかもしれない。

——今更遅いけどね。

「そうそう、のんびり行こう相棒」

したり顔で頷いたところ、グレッグに脳天を拳《こぶし》でグリグリされる。

「お前はもう少し急ごうと努力しろ！」

「いたいいたい……！」

じゃれる二人を、ルーナが首を揺らして見ていた。

休憩がてら昼食を食べた後も、こんな調子で採取しつつ歩いたので、レイラたちは火山の中腹で一泊することになった。

「それにしても、この山は暑いな」

グレッグは荷物を降ろすとそう言った。昨日と一昨日《おととい》はさほど疲れた様子を見せなかったグレッグだったが、今はぐったりと座り込んでいる。

「……確かに」

ローブの首元を扇《あお》いで風を送りながら、レイラもグレッグに同意する。

火山はマグマ溜まりに通じる場所は暑いが、それ以外は普通の山と変わりない。ここまで登ってくれば、標高差のこともあってかなり寒く感じるはずなのに、今は妙に暑かった。この暑さがグレッグの体力を奪っているのだろう。

——なんで、こんなに暑いの？

レイラも、火山に登って暑いと思ったのは初めてだ。

そんな中で獣を追い払ったり火トカゲを追いかけたりとたくさん働いたグレッグは、途中で上着を一枚脱いだものの、全身汗だくになっていた。

「……水浴びでもする？」

グレッグの様子を見て、レイラはそんな提案をした。なんと言っても、レイラの将来の財布の中身を潤《うるお》してくれた人物である。ここで恩を返しておいても損はない。それに運よく近くの地面に丁度良さそうな穴が開いている。

「《水の玉》」

レイラは大きめの水の塊《かたまり》を生み出すと、その穴に落とした。派手な水しぶきが立ち、ちょっと濡《ぬ》れたが、巨大な水たまりの完成だ。

「……おお!?」

目の前に即席の水風呂が出来上がったことで、グレッグの疲れた顔が輝いた。

「でかした、レイラ！」

そうレイラを褒《ほ》めたグレッグは、さっそく服や靴を脱ぎ捨てて下穿きのみの姿になると、水風呂に飛び込んだ。そして、さほど深くない水風呂に寝そべって全身つかり、長いため息を吐いた。

「ふぁー、サイコーだな……」

気持ちよさそうな声を漏《も》らすグレッグに、レイラはムッとする。

――ちょっと、女の前なんだけど！

先だってグレッグに迫っていた女精霊術師のようなことを言うつもりはないが、普通、少しは意識するものではなかろうか。

こちらの視線に対して恥じらいを見せないグレッグに、レイラは自分が女扱いされていないのでは？　という疑念を抱く。

グレッグはついでに汗臭い服の洗濯もしてしまうつもりらしく、脱ぎ捨てた服をジャバジャバと洗い出す。それにもイラッとしたけれど、今日一日頑張ったグレッグへのご褒美であると、レイラは自分に言い聞かせた。

あまりじっと見ていると自分の方が変に思われそうなので、レイラはそっとグレッグから視線を逸らす。

獣が寄ってくることを警戒して短時間となったが、水風呂に入って汗で汚れた身体をすっきりとさせて、グレッグは気分がほぐれたらしい。

「疲れがとれたな」

水風呂から上がってそう言ったグレッグに視線をやると、まだ服を着ていなかった。先程は視線を逸らしたレイラだったが、今は恥じらって頬を染めるよりもむしろ、露《あら》わになった肉体に視線が釘付けになる。

——おお、すごい筋肉！

グレッグの引き締まった筋肉を、レイラはまじまじと観察してしまう。

師匠と別れて以来男性と行動を共にすることがなかった上、今までの人生においても男性の裸体を拝んだことなど皆無。なので、未知のものに対して興味津々《きょうみしんしん》なのだ。

——うーん、かたそう。

グレッグは軽い革の胸当てと手足を守る防具を身に着けているだけで、街で見かける兵士よりも軽装だ。

レイラはそのことを不思議に思っていたが、こんな鎧《よろい》のような筋肉があるのなら、防具に頼らないのも納得である。それに頑丈な鎧は重そうだし、歩いて旅をしているグレッグには邪魔なのかもしれない。

「なんだよ、ジロジロ見やがって」

グレッグはレイラの不躾《ぶしつけ》な視線に気付いても、別段照れることもない。ひょっとして裸を見られることに慣れているのだろうか。もしくはそういった趣味があるとか。

——ありうる、鏡で自分の裸を眺めるのが好きだったりして。

レイラがグレッグの変態度合いをちょっぴり疑っていると、グレッグがじっとりした目を向けてきた。

「お前今、なんか失礼なことを考えているだろう」

「え？　別に、裸を見られて喜ぶ性格なのかとか考えていない」

「しっかり失礼じゃねぇか！」

レイラの発言に、グレッグは頬を引きつらせた。

「俺みたいな旅から旅の奴はな、野宿なんて当たり前だ。着替えや水浴びで視線を気にして恥じらっていたら、やってらんねぇんだよ！」

グレッグが強い口調で言い含めるが、レイラはなおも疑いの視線を送る。

「なんか、言い訳くさい」

「あほう！　俺を変態にするな！」

グレッグが唾《つば》を飛ばさんばかりに叫んだ。どうやらそういった趣味の人間ではないらしい。レイラとしては安心したようながっかりしたような、微妙な心境だ。

そんな馬鹿みたいな言い合いをした後、グレッグは替えの服を身に着け、洗った服をそこいらの岩にかけた。この暑さなのですぐに乾くだろう。

「俺は向こうを見てるから、お前もちゃっちゃと水浴びしろ。疲れがとれるぞ」

グレッグに勧められ、レイラは相手を窺《うかが》う。

「覗いたりとか」

「するかあほう」

即答された。そこは少しは含みを持たせるのが気遣いな気がするが、どうなのか。断じてレイラに覗かれる趣味があるわけではないが、こうまで意識されていないというのも腹が立つ。

ともあれ、レイラも水浴びをすることにしたけれど、洗濯後の水を使いたくないので、ちゃんと中を入れ替えた。

レイラは裸になることなく、ローブと靴だけを脱いで、下の服を着たまま水浴びする。

『わーい、水浴び大好き！』

ルーナが水風呂をすいっと泳ぎながら、レイラの上にシャワーのように水を降らせてくれた。

こうして水浴びを楽しんだレイラだが、当然、グレッグみたいに豪快に着替えるわけにはいかない。もそもそと岩陰で着替えて戻ると、グレッグにしみじみ言われた。

「いいよなぁ、水の精霊術って。俺にも資質があれば覚えたものを」

「……そう？」

レイラは戸惑う。自分の精霊術を卑下するのはやめようとは思ったものの、羨《うらや》まれるという経験があまりないので、そんなことを言われると逆に居心地が悪い。

グレッグは夜のためのたき火をおこしながら、言葉を続けた。

「お前はこの国の基準に染まりきってるみたいだがな。俺みたいな旅人は、火の精霊術と水の精霊術どっちが欲しいかって言われたら、断然水の精霊術だぞ？」

「なんで？」

火の精霊術と比べて水の精霊術は役立たず、それがドラート国の常識だ。なのに逆の話をされて、レイラは目を丸くする。

グレッグはそんなレイラに呆れた顔をした。

「そりゃあお前、火は別に精霊術がなくてもおこせるけど、水は湧き水でも探さにゃ補給は無理だ。旅人にとってありがたいのは水なんだよ」

「……なるほど」

この数日の旅を思い返してみるに、道中で火に困ったことはない。現在、煮炊きに使っている火だって、グレッグが持っている火おこしの道具でおこしたものだ。

それを考えると、確かに火の精霊術を必要とする場面はあまりない。

旅の安全の面で言えば、火の精霊術が得意とする攻撃の術は役立ちそうに思える。だがグレッグならば、獣を退治するのは大剣で事足りる。

グレッグだけではない。旅をしようという者ならば、獣への備えはできているだろう。ということはやはり、火の精霊術は無用の長物ということになる。

――あの女も残念だね、火種程度も必要ないってさ。

グレッグにアピールしていた女を思い浮かべて、レイラは小さく笑う。さんざん馬鹿にされていたので、ちょっぴり溜飲《りゅういん》が下がった。

一方で水は、立ち寄った集落で井戸を借りるか、水源を見つけるかしないと補給が難しい。

こういった理由からもグレッグのような旅人には、水の精霊術はとても便利に思えるのだろう。

——そうか、便利ってすごいことなんだ。

レイラはずっと強い攻撃ができるかどうかを基準に、精霊術の良し悪しを決められてきた。だがそういう考え方もあるとは、目から鱗《うろこ》が落ちた気分だ。

『そうだよ、僕らってすごく便利な精霊！』

水の存在をグレッグに持ち上げられて、ルーナがご機嫌に尻尾を揺らす。

『火の奴らなんか、燃やすしかできないんだから！』

普段はのんびりしているルーナが、そんなことを言った。井戸にいたといういじめっ子の火の精霊のことが、相当に頭にきているようだ。

こうして精霊術に対する新発見をした後、レイラは夕食に火トカゲでスープを作ることにする。

「おいおい、今度はちゃんとしたのを作ってくれよ？」

不安そうなグレッグに、レイラは自信満々に頷く。

「大丈夫、超絶スタミナスープを作る」

レイラはビシッと親指を立ててみせるが、グレッグは晴れない顔で呟いた。

「そう言われると、余計不安なんだが……」

どこに不安材料があるというのか、謎な男である。

そんなこんなで料理開始だ。

レイラは火トカゲを豪快にぶつ切りにして、湯を沸かした鍋に入れる。ちなみに火トカゲをぶつ切りにするのに、グレッグから短剣を借りた。

他にも調味料や様々なもので味を調《ととの》えれば、大雑把だが素材の良さを生かしたスープの出来上がりだ。

「きっと美味《おい》しいはず」

味見をして自信満々なレイラが、スープをよそった器《うつわ》をずいっとグレッグに差し出す。短時間で作ったにしてはいい具合だった。

グレッグはその器を恐る恐る受け取ると、スープの中身を確認する。

「……妙に血なまぐさいんだが？」

グレッグがまず指摘したのはそれだった。

確かに、スープに火トカゲの血を入れたため、その独特の香りが残っている。しかしこれは外せない材料なのだ。グレッグはどうやら火トカゲに詳しくないらしい。

「絞りたての血が入っているから。火トカゲの新鮮な血は、身体を活性化させる」

捕らえたてだからできる料理法なのだ。そんな毒物を見るような目をするのではなく、珍しさにもっと驚くべきだろう。

「……じゃあ、この目玉はなんだ？」

グレッグは次に、スープに浮いている目玉を不気味そうに指で突《つつ》く。どうやら具として一緒に入れた火トカゲの目玉がお気に召さない様子だ。

「ボケ防止にいい」

レイラは火トカゲの目玉の効能も教えてやった。これも新鮮だからこそ味わえる珍味なのだ。しかし、グレッグが声を張り上げて反論する。

「俺はまだボケねぇよ！」

そんなことを言っていても、ボケというものはいつ始まるのかわからないもので、今から対策をして悪いことはないはずだ。

「こんな贅沢《ぜいたく》な健康スープはない」

レイラは文句の多いグレッグを無視して、自分のスープをよそう。我ながら食材の新鮮さがにじみ出た渾身《こんしん》の料理だと、自画自賛したい。

「昨日のやつといい、どうしてお前のスープはいちいち見た目がエグいんだよ？」

なおもぶちぶちと文句を言ってくるグレッグに、レイラは首を傾げる。昨日から一体なにが不満なのか、さっぱり理解できない。

料理は味こそ全て。師匠だってレイラの料理を「味はいいんだよ」と褒《ほ》めてくれたものだ。

「美味《おい》しければいい」

「見た目もこだわれ！」

レイラの回答に、速攻でツッコミが入った。どうやらグレッグは、料理に求めるものがレイラと違うみたいである。

それでも、レイラが火トカゲの目玉をもっきゅもっきゅと食べてみせると、グレッグも恐る恐る目玉を口にした。

「……プルンとしたゼリー状の食感とコリコリした歯ごたえのハーモニーは、癖になると言えなくもない」

「ほらほら」

食通のような感想を述べたグレッグに、レイラは胸を張る。食べればその美味《おい》しさがわかるのだから、食わず嫌いはいけない。

「だが、美味《うま》いと認めたくないのも確かだ」

しかし、グレッグは頑固だった。

「強情を張っていると、人生損をする」

「こんなもん、ぜってぇ得してねぇし」

レイラが諭《さと》すも、昨日に引き続いてグレッグからの反応は微妙だ。

食事を終えて片付け、レイラは早々に寝る準備をする。足手纏《まと》いにならないことが一番の仕事だと、今日一日の登山で悟った。他人の睡眠を気にしている余裕など、今のレイラにはないのだ。

足にしっかりと筋肉痛の軟膏《なんこう》を塗り、明日に備える。

「明日はいよいよ竜の巣だな」

グレッグも、明日のために武器の手入れをしている。ここでレイラは、目的物の使い道を聞いていないことに気が付いた。

「そういえば竜の卵って、なにに使うの？」

さすがのレイラも、一人でこんなところまで登ったことはないので、竜という生き物を見たことがない。普通の卵だって栄養がある食べ物だが、竜の卵ともなれば、なにか特別な効能がありそうだ。

――なんだろう、食べたらすごく大きく成長するとか？

レイラの疑問に、グレッグは顎《あご》を撫《な》でながらしばし考えてきた。

「そうだな、もう言ってもいいだろう。ここだと盗み聞きされる心配もないしな」

そう言ったグレッグが、詳細を話しはじめる。

「竜の卵を求めているのはレティス国の王家だ。あの国の王子様は病弱なお方でな。長く生きられないだろうと、生まれた頃から医者に言われていたらしい。だが王には他の子はいないし、王妃にはもう子供が望めない。そこで子供の命を長らえるための薬として、竜の卵を求めたんだ」

どうやら王子様の生死に関わることのため、人前で説明できなかったらしい。

「ふぅん……」

レイラは相槌《あいづち》を打ちながら、王子について考える。

孤児でろくに食べることができなくても、無駄に頑丈だったレイラである。正直、病弱というのは想像がつかない。

なにせ、食べられる草を探してそこいらの雑草を拾い食いしても、ちょっとお腹を下しただけで済んでいたのだ。特に胃腸の丈夫さには自信があった。

しかし、生まれた頃から医者に死ぬことを宣告されているというのは、ものすごく不幸なことだと思う。いつ死ぬのかと怯《おび》えながら生きるのは、果たして生きていると言えるのだろうか。

「竜の卵に、そんな効能があるの？」

会ったこともない王子を思って、レイラは尋ねた。

「俺も詳しくは知らん。だが竜は頑丈で滅多なことでは死なない。その生命力が詰まった卵には、瀕死《ひんし》の者を生き返らせる力があると、昔から言われているらしいな」

グレッグの話では確かなことはわからなかったので、レイラはルーナにも聞いてみる。

「ルーナ、知ってる？」

とぐろを巻いて寝る体勢だったルーナは、薄目を開けてレイラを見た。

『竜には火の精霊の力が宿っているもの。その竜の卵が特別なことは確かだよ～』

「そっか」

どうかこの旅が無駄足にならないように、レイラは見たことのない王子様のために祈るばかりである。

＊＊＊

夜もだいぶ更けた頃。

グレッグは隣に転がって寝ているレイラを複雑そうに見て、ため息を漏《も》らした。

――かわいそうな奴なんだろうが、素直に同情できないっつーのがなぁ……

レイラの生い立ちを聞いていると、ドラート国に生まれたのが不幸だとしか言いようがない。これが隣のレティス国だったら、水の精霊を連れた精霊術師として、特別待遇をされただろうに。

だが、レイラが孤独を強《し》いられた原因は、本人にも多少なりともある気がするのだ。その一因は、決定的な会話力不足である。それもどうやら口下手というわけではなく、会話を面倒臭がる性格のようなのだ。

恐らくレイラは孤児として虐《しいた》げられてきた期間が長かったので、会話で心を通じ合わせることをとっくの昔に諦めたのだろう。

「どうせ話しても理解されない」という感情が明け透けで、それを察した相手からさらに嫌われるという悪循環に陥《おちい》っている。

そして、レイラはそのことをわかっていて、あえて改善しようとしていない。

――やればできる奴に思えるが。

現に必要な場面であれば、きちんと言葉を尽くして説明できるのだ。

それに、レイラは大人しくて陰気そうな見た目に反して、本性は大人しくない。たまに言うことがキツいし、誰かの背中に隠れて過ごすことをしないのだ。

その証拠に、レイラはトラブルに出くわした時、面倒臭がることはあれども逃げ隠れはしない。

最初の村で住人に囲まれた時も、大声で助けを求めなかった。

大人しくないのに攻撃的でないのは、攻撃手段を持っていないからだ。レイラが火の精霊術を使えないのは、実は幸いなことだったのではなかろうか。

――それにしても、あの協会の女があんなところまで追いかけてくるとは。

火の精霊術について考えたグレッグは、しつこかった女精霊術師を思い浮かべる。あの態度といい身綺麗さといい、彼女は明らかに旅をする気がなさそうだった。

だが、グレッグでさえ使うのを躊躇《ちゅうちょ》した大トカゲを使って移動するくらいだ。あの支部長の熱意から見ても、レイラと違って協会でちやほやされている類《たぐい》の人間だろう。

優遇されることが当たり前で、隙を見れば色仕掛けをしてくる女など、邪魔以外の何物でもない。そんなのと四六時中一緒だなんて、御免である。

――にしても、なんで、あそこで待ち伏せしてたんだろうな？

ずっと歩みの遅いレイラに合わせていたのだ。大トカゲを使ったならば、フェランの街を出てすぐに追いついてもよさそうなものである。レイラとの交代ではなく、旅の妨害が目的なのだろうか？

魔物の監視を、兵士ではなく協会がしているのも気になる。魔物の対策は基本国が行うものだ。協会は水問題以外にも、まだなにか隠し事をしているのかもしれない。

グレッグが引き受けたのは竜の卵の採取のはずだったのに、何故か精霊術師協会の問題に巻き込まれている。

「面倒な依頼を受けちまったのかねぇ……」

グレッグの独り言が、夜空に消えていった。

＊＊＊

翌朝、レイラたちは朝食を済ませると、竜の巣を探しに出発した。

「今日は竜の卵に集中するから、採取はナシだぞ」

昨日フラフラと目移りしていたレイラに、グレッグが釘を刺す。

「昨日たっぷりとったから、満足」

レイラは特に不満そうな態度を取らず、軽く頷いた。

「……ずいぶん素直だな？」

だが、グレッグに疑わしそうな視線をよこされる。

こちらのことをなんだと思っているのか知らないが、さすがにレイラだって旅の最終目的を忘れてはいない。それに……

「私もこんな暑いところから、涼《すず》しいところへ戻りたい」

「なるほど」

レイラの本音に、グレッグもようやく納得してくれたようだ。

こんな調子で二日目の登山を開始した二人。昨日と違ってレイラがフラフラしないので進みが速いかと思いきや、別の問題が出てきた。

「レイラ、止まれ！」

急傾斜の山肌を登っていると、急にグレッグが叫んだ。

「……なに？」

レイラはそこらに転がっている大岩に掴まって立ち止まった。すると、グレッグがレイラの前に駆け出して岩陰を大剣で一閃する。

「キィッ！」

すると岩陰から、人の子供ほどの大きさがありそうなトカゲが飛び出てきた。

「うひっ！」

突然のことに、レイラは驚いてへたり込む。

トカゲは牙が鋭くて、黒っぽく光る鱗《うろこ》が岩のようにゴツゴツとしている。先程の一閃は浅かったのか、グレッグに跳びかかろうとして彼の大剣で串刺しにされた。トカゲはしばらくビチビチと暴《あば》れていたが、やがて動かなくなった。

「もういいぞ」

合図を受け、立ち上がったレイラはグレッグに近寄る。そして大剣を引き抜かれたトカゲの姿を見て、眉をひそめた。

「……魔物？」

『そうみたい』

ルーナがレイラの呟きに応じながら、トカゲを観察している。

トカゲの傷口から、黒い霧《きり》のようなものが漏《も》れている。これが瘴気《しょうき》だと、昔、師匠に習ったことがある。

「麓《ふもと》では魔物を見なかったが、上の方で出るのか」

グレッグが剣先で死んだトカゲを突《つつ》きつつ言った。

麓から中腹までの道のりで魔物の姿を見なかったので、レイラも薬屋の店主の忠告をすっかり忘れていた。レイラだけならば、この魔物に気付かずにあっさりやられていただろう。

「魔物殺しはダテじゃない」

レイラが声をかけると、グレッグが嫌そうな顔をした。

「その呼び名は好きじゃねぇ」

「そう？」

確かに、センスがいいとは言い難《がた》い二つ名だとレイラも思う。せっかくなので、薬屋の店主からこの話を聞いた時に抱いた疑問をぶつけてみることにした。

「街の兵士が敵《かな》わなかった魔物を、グレッグ一人であっさり倒したって話だったけど、本当？」

「まあ、事実だな」

レイラの言葉に、グレッグは頬を掻きながら頷く。

「それってグレッグが強かったのか、魔物が弱かったのか、街の兵士がヘボかったのか、どれ？」

ズバッと尋ねるレイラに、グレッグは目を丸くする。

「お前、すげぇ聞き方するなぁ」

――だっておとぎ話じゃあるまいし、こんな話ってある？

英雄物語に憧れる性質ではないレイラは、事実を追及するのみだ。心持ちワクワクして答えを待っているレイラに、グレッグは苦笑を浮かべて話してくれた。

「魔物ってのは表皮が硬すぎて、普通の兵士の装備じゃあ太刀《たちう》打ちできないんだよ。俺の剣は特別製だ」

グレッグはそう言って、自身の持つ大剣をレイラにかざして見せた。大剣の表面にうっすらと青い輝きが走っている。

レイラは武器に詳しくないが、少なくとも包丁などの刃物がこんな風に輝かないのはわかる。恐らくこれが特別の証《あかし》なのだろう。

「魔物対策として、どの国の軍にも魔物に通用する武器が用意されている。けどそれらは貴重だからな、国全体に配備するわけにはいかねぇんだよ」

「なんだ、そういうことか」

案外単純な理由を聞いて、レイラは拍子抜けした。

つまり街が魔物に襲《おそ》われたが、兵士たちは倒せる武器を持っておらず困っていたところに、たまたま有効な武器を持ったグレッグが通りかかったということらしい。

超人的な必殺技がどうのという話ではなく、装備の良し悪しという現実的な話である。

目の前のトカゲの魔物だって、ナイフの刃など通らなさそうな硬さだ。なまくらな剣では刃こぼれするのがオチだろう。

魔物について勉強したところで、レイラたちは先に進んだ。

だがその後も、次々と魔物に出くわした。今もグレッグが、トカゲの魔物に向かって乱暴に大剣を振るっている。

「あぁくそ面倒臭ぇ！」

トカゲの魔物を斬り捨てて叫んだグレッグの背後に、別のトカゲが忍び寄っているのが見えた。

「《水の衣》」

トカゲから避難していたレイラは、グレッグの周囲に水の膜を張る。

「キィッ！」

水の膜に弾かれ、トカゲが怒りの声を上げた。

「おらよ！」

グレッグはすぐさま振り向いて、水の膜に弾かれたトカゲにとどめを刺す。その後、あたりにトカゲがいないことを確認して、剣を下ろした。

「事前に聞いたのよりも、数が多いな」

疲れたので岩に座って休憩するレイラの隣で、グレッグも地面にしゃがみ込み、難しい顔をする。

「魔物っていうのは普通、一体出ても大事だ。なのにぞろぞろと出やがって。あんなのが一体でも麓《ふもと》の村に下りれば大惨事だろ」

グレッグの言うことはもっともだ。魔物を相手にした普通の人間は、逃げるしかない。

レイラも魔物たちの残骸《ざんがい》を見て、この火山の魔物の数は尋常じゃないと考える。

――グレッグが聞いたという、火の精霊王がいないという話は本当かもしれない。

火の精霊王がいれば、これほどの魔物を放置していないはずだ。

「早く国に要請して対処してもらうのが適切だろうに、通行禁止で済ませているとは。あの協会はなにを考えているんだか」

グレッグがそうぼやく。

レイラは事情を知った当初、協会は水で大儲《おおもう》けをするのが目的なのかと考えていた。しかし今、協会が一体なにをしたいのか、さっぱりわからない。魔物を放置するなんてあまりにもリスクが高いだろう。

「協会のすることは、謎過ぎ」

これはもう、外の者に知らせる必要が出てきた。

その後も魔物トカゲを駆除しつつ、いよいよ火口の近くまで登る。

そろそろ竜の巣があるかというあたりに着いた時――

『火の精霊がいる。嫌なカンジだよ』

ルーナが警告を発した。

レイラが目を眇《すが》めて観察すると、あちらこちらに赤い影が見える。あれらが全て火の精霊なのか。

「グレッグ、火の精霊がいる」

先を歩くグレッグに、レイラは注意を促《うなが》す。

「ここは火の精霊の家みたいなもんだし、そりゃいるんじゃねぇか？」

だがグレッグは、レイラの注意をそれほど深く考えていないようだ。むしろあまり見ることができない火の精霊の姿を目にできるということで、興味津々《きょうみしんしん》といった様子。

赤い影のうちの一つが、レイラたちに向かって飛び出してきた。子猫に似た真っ赤な毛並みの獣の姿だ。火の精霊は実体化した時、猫科の獣の姿をとる。

――子猫の姿ということは、あれは年若い精霊かな？

レイラたちが遠目に観察していると、子猫姿の火の精霊が毛を逆立てて威嚇《いかく》してきた。

『なにしに来た！』

その周囲に、同じような姿の火の精霊が集まってくる。

「なんだか、豪勢なお出迎えだな」

精霊の声が聞こえないグレッグが、呑気《のんき》にそんなことを言っている。

『あいつら、いじめっ子の火の精霊だ！』

どうやらあの中に、ルーナが井戸から追い出した火の精霊がいるらしい。

「私たちは採取のために山に入っただけ。あなたたちには用はない」

レイラは、とりあえず火の精霊に用事があって来たわけではないと説明する。しかし、レイラの言葉を聞いた彼らは騒ぎ始めた。

『用はないだって⁉　なんて言いぐさだ！』

『水の精霊を連れた、主様《あるじさま》の敵め！』

『また酷いことをしに来たんだろう！』

子猫たちが口々にキーキーと喚《わめ》く。

――なんであんなに喧嘩《けんか》腰なの？

あくまでこちらを敵視してくる子猫の集団に、レイラは困惑する。

彼らの言う主様というのは、もしかして火の精霊王のことだろうか。精霊術師仲間に嫌われることはあれども、火の精霊王の敵になった覚えはないのだが。

「ねえルーナ、なんであの精霊に敵って言われたの？」

『知らないよぅ、井戸でもアイツらから突っかかってきたんだもの』

ルーナに尋ねてみるも、ルーナも不機嫌そうに首を揺らすばかりだ。

「あなたたちが水の流れを邪魔しなければ、ルーナだってなにもしない」

レイラが諭《さと》すように告げると、火の精霊たちはさらに声を荒らげた。

『お前らこそなにを言う！』

『水の奴らが自然を狂わせているっていうから、主様《あるじさま》は怒ったんじゃないか！』

『水をやっつけろって、人間がそう言ったんだ！　だから協力してやってるのに！』

なにやら今、子猫たちがすごいことを言った気がする。

「……はぁ!?」

レイラはぎゅっと眉間に皺《しわ》を寄せ、声を上げた。

『あいつらおかしいよ、わけわかんないよ、馬鹿なの？』

ルーナも理解不能と言わんばかりに、尻尾を振っている。

「どうした、レイラ？」

グレッグが声をかけてきた。精霊の声は聞こえないものの、レイラの様子から揉《も》めていると悟ったようだ。

「グレッグ、あれのどれか一匹捕まえて」

レイラはグレッグに子猫の集団を視線で示し、小声で頼む。

「いいのか？　精霊だろう？」

人間にとって尊《たっと》ぶべき存在である精霊をぞんざいに扱っていいものかと、グレッグは訝しげに聞いてくる。だが、今はそんなことを言っている場合ではない。

「尋問の必要がある」

目を据《す》わらせているレイラに、グレッグは本気だと理解したらしい。軽やかに山肌を駆けると、キーキーと騒いでいる子猫の集団に飛び込んだ。

『うわっ！』

『なんだコイツ！』

慌てて散り散りになっていく子猫たちの中に鈍《どん》くさいのがいたようで、グレッグが逃げ遅れた一匹を捕まえて戻ってきた。

『なにをするー！』

首根っこを掴まれて、子猫がジタバタと暴《あば》れている。

「ルーナ、拘束《こうそく》して」

『まかせて！』

レイラが頼むと、張り切ったルーナが紐状の水を生み出して、子猫をぐるぐる巻きにした。グレッグが手を放すと、子猫はポテッと地面に転がる。

『こんなもの！　……うわーん、燃えないぃぃ！』

『だって、お前よりも僕の方が強いもの』

地面で転がりながらあがく子猫を、レイラの肩から地面に下りたルーナがぺしりと尻尾で叩く。

水の紐の拘束《こうそく》を自力で解けない火の精霊は、ルーナよりも力が弱いということだ。

あがいても外れない水の紐に、子猫はやがて諦めたらしい。

『俺はお前なんか、こっ、怖くなんかないんだからな！』

耳をヘタらせ、尻尾を丸めてそんなことを言っているが、全く説得力がなかった。

——むしろ可愛いんだけど。

「おい、あんまりいじめるなよ？」

子猫のあまりの怯《おび》えっぷりに、グレッグが助け舟を出してくる。

『そうだそうだ！』

グレッグを味方だと思ったのか、子猫が急に強気になった。わかりやすい精霊である。

レイラは子猫の前にずいっと立って見下ろしながら、できるだけ偉そうに言う。

「正直に話せば、解放してあげるかもしれない」

『大人しく言うことを聞くんだね』

ルーナがきゅっと水の紐を締めた。

『うぎゃ！』

子猫は悲鳴を上げると、再び耳をヘタらせた。

『うぅ、なにをだよ』

また弱気になった子猫に、レイラは問いかける。

「人間が、水を止めるようにあなたたちに望んだっていうの？」

レイラの質問にグレッグは目を見張ったが、なにも言わない。成り行きを見守るつもりのようだ。

子猫はぷるぷる震えつつ答えた。

『そうだよぅ。俺らの声が聞こえる人間が、水の奴らのせいでとっても迷惑してるって言ったって、みんな話してるもの』

子猫の言い分に、レイラは頭痛を覚える。

「フェランの街は？　水が止まっていないけど」

この質問に、子猫がしばし考え込んだ。フェランの街がどこかわからないのだろう。火山から見たフェランの街の位置を教えてやると、ようやくわかったらしい。

『あそこは、迷惑をかける水の奴を閉じ込めてるって場所だって言われた』

子猫がえっへん、と胸を張りそうな調子で答えた。

「おおぉ……」

レイラはあまりの衝撃に、しゃがんで地面に手をついて呻く。

「おぉい、レイラ？」

突然のレイラの行動にぎょっとしているグレッグは、今は無視だ。相手をするだけの余裕がない。

――あいつら、なんって馬鹿なことを……！

精霊の声が聞こえる人間とは、精霊術師をおいて他にない。恐らくフェランの街の協会の、支部長を始めとした精霊術師たちが、火の精霊たちにいらぬことを吹き込んだのだ。

自分たちの行いが、事態を最悪な方向へ向かわせていると知らぬままに。

――変だと思ってたのよ！

フェランの街の精霊術師の間では、水と火の精霊王同士の喧嘩《けんか》のせいで、互いの精霊たちが仲たがいをしていると言われていた。

だが、それがいつまでも火の精霊に影響を与えるなんて普通はない。精霊とは自由気ままな存在で、一つの思いにとらわれることはないからだ。

ルーナがいい例である。ルーナは火の精霊が井戸にいた水の精霊をいじめた件については怒っているが、精霊王同士の喧嘩などという昔の話を気にしていない。

水の精霊の気質は水そのものであり、嫌なこともさっさと流してしまうのだ。

その点からいえば、火の精霊の気質は火そのものだ。燃えやすくはあるが、すぐに燃え尽きる。同じ考えをずっと抱くには向かない気質なのだ。

それなのに、火の精霊たちが十数年前の出来事に未だにこだわっているということに、大きな違和感があった。精霊っぽくない考え方で、むしろ人間的であるとも言えるそれは、あまりよくない兆候だ。

水は流れるもの。その流れを故意に遮《さえぎ》れば、自然の在り方を歪《ゆが》めることになる。自然を歪めた精霊は、精霊としての存在がねじれていく。その状態が進むと、精霊が歪む。

そうして歪んだ精霊がもたらすものが、瘴気《しょうき》だ。

――これが、火山の魔物の原因か。

フェランの街の協会が、火山を立ち入り禁止にするわけである。本部の精霊術師に知られれば、魔物が発生した原因が自分たちにあることが発覚するのだから。恐らくよそから訪れる精霊術師も、フェランで止めていたのだろう。

もしグレッグに誘われないままフェランの街にいたら、事が発覚した暁《あかつき》にはレイラも巻き添えを食い、短い人生が終わったかもしれない。世界規模の話よりも、レイラにとってはそちらの方が大事件だ。

——あいつら、許さん！

ギリッと地面を引っ掻いて怒りに震えるレイラを、隣にしゃがんだグレッグが肘で突いた。

「おぉい、結局どういう話だったんだ？」

一人蚊帳《かや》の外だったグレッグに、レイラは一連の説明をする。すると、グレッグの顔色が青くなった。

「おいおい、それってまずいんじゃねぇか？」

「まずいどころか、最悪」

レイラは重々しく告げる。

たぶん支部長は、そこまで深く考えなかったのだ。周辺地域が水に困っていれば、水が豊富なフェランにいる自分が大儲《おおもう》けできる。

そう思って、自分の身近にいる火の精霊に、水の精霊についてあることないこと吹き込み、ちょっとした悪戯《いたずら》をしてほしいと頼んだ、それだけなのだろう。あの俗物な支部長に、大それたことができるはずもない。

しかし、その支部長の軽い思い付きが、多くの火の精霊を動かしてしまった。

――火の精霊は思い込みが激しいから、特に言動に気を付けて接しなければいけないのに！

レイラは師匠から精霊への接し方として、「誠実な心で接する」ように教えられている。

純粋な心を持つ精霊たちは、人間がよこしまな態度で接すると、簡単に染まってしまうそうだ。

だから精霊術師となった者は、精霊との付き合い方を一番最初に教え込まれる。

だというのに、あの支部長は本当に精霊術師だろうか？

フェラン支部のトップのくせに、精霊術師での常識では考えられない行動だ。

こんな馬鹿なことをしでかすあたり、精霊術師になってもろくに修業をせずに、金にものを言わせて出世したのかもしれない。確か支部長は実家が金持ちだと、以前、薬屋の店主が言っていた気がする。

支部長のことは、フェランの街に帰ってから考えるとして……

「こいつはどうする？」

地面に転がったままの子猫を、グレッグが指先で突《つつ》く。

「証人代わりに捕まえておく」

レイラがそう言うと、子猫がショックを受けたような顔をした。

『話せば解放するって言ったじゃん！』

ジタバタと暴《あば》れ出した子猫だったが、ルーナの水の紐は解けない。

「解放するかもしれないと言った」

レイラが首根っこをむんずと掴んで答えると、子猫は毛を逆立てた。

『騙《だま》されたー！』

子猫は涙目で抗議してくるけれど、話をちゃんと聞いていない方が悪いのだ。

「レイラお前……、傍《はた》から見てると動物虐待だぞ」

レイラと子猫の様子を見比べて、グレッグがため息を漏《も》らした。

子猫がレイラとルーナを怖がるので、水の紐でぐるぐる巻きのまま、グレッグの荷物に放り込んだ。


こうして思わぬ拾いものをした後、レイラたちは火口近くでようやく竜の巣らしき洞窟を見つけた。

「うおっ、熱気が一段とすごいな」

ただでさえ暑いというのに、洞窟から漏れてくる熱気に、グレッグは尻込みする。

『うへぇ、熱いの嫌い～』

水の精霊であり熱を苦手とするルーナは、ここまでの道中は文句を言わなかったが、この熱気にはさすがに辟易《へきえき》しているようだ。レイラも熱気を避けるため、グレッグを盾にして様子を見ていた。

「熱を冷ます？」

「頼む」

レイラの提案に、グレッグが即座に頷く。

「《水の衣》」

グレッグと自身に水の膜を張ると、熱気による息苦しさは和《やわ》らいだものの、まだそれでも暑い。

「……中に竜はいないみたいだ」

グレッグが洞窟の中に聞き耳を立てたが、竜の鳴き声らしきものは聞こえてこないという。

「よし、さっさと行くぞ」

この灼熱地獄《しゃくねつじごく》のような熱さから早く逃れたいのだろう。グレッグが洞窟に突入していく。

「……仕方ない」

レイラも熱さを我慢して、グレッグに続いた。

洞窟はさほど奥行きはないようで、すぐに開《ひら》けた場所に出た。その真ん中に窪《くぼ》みがあり、白っぽい楕円形《だえんけい》の物体が、四つほど転がっている。

「これが、竜の卵か」

グレッグが周囲に気を配りながら、慎重に卵に近づく。

——思ったより小さいんだね。

竜の卵というくらいだから、人間の大人ほどの大きさかと思いきや、人間の赤ん坊程度の大きさだった。殻《から》が非常に硬そうなので、麻袋に入れて持って帰れそうだ。

「……よし」

グレッグが持っていた荷物を地面に降ろし、麻袋を取り出して卵の横に立った。速やかに作業を終えて、親竜が戻って来る前に巣穴を出なければならない。グレッグが卵に触れようとした時——

「……忌々《いまいま》しい」

奥の岩陰から、真っ赤な髪を腰まで伸ばした褐色《かっしょく》の肌の青年が現れた。

「なんだ、麓《ふもと》の村の奴か？」

こんな場所に自分たち以外の人間がいたことに、グレッグが驚く。

一方、レイラは青年に違和感を覚えた。

——あんな魔物だらけの道を、麓から一人で？

青年は、ろくな装備を持っていない。どこかに置いているのかもしれないが、竜の巣穴に装備を忘れるなんてあり得ないだろう。

グレッグもレイラと同じように考えたのか、卵から離れて青年と距離をとる。

ここでようやく、レイラは違和感の正体に気付いた。

「……違う」

一見するとドラート人の青年だが、彼自身から熱が発せられている。これは、火山から感じる熱さではない。青年は、明らかに普通の人間ではなかった。

この火山は火の精霊が住まう場所。火の精霊は、ほとんどが先程の子猫たちのような獣の姿をしてるが、例外もある。それは……

「人の姿をした、上位精霊？」

レイラがそう口にすると、青年がニヤリと嗤《わら》った。

「水の精霊を連れた者が、よくもここまでのうのうと来れたものだ」

青年――火の精霊のよく通る声が、竜の巣穴に響く。

「精霊だと⁉」

グレッグが驚くのも無理はなかった。人の姿をした精霊を目にする機会など、そうあるものではない。かく言うレイラも、実際に見たのはこれが初めてだ。上位精霊は、人の姿をとって人間と会話することもできる。

『レイラ、おかしいよアイツ』

ルーナがレイラにささやいた。

「なに？　ルーナ」

肩に乗っているルーナを見ると、微かに震えている。一体どうしたというのか。

『さっきの精霊たちよりもっと変だ』

ルーナの言葉で、グレッグの荷物に押し込めた火の精霊を思い出した。ひょっとしてこの人の姿をした火の精霊も、人間に騙《だま》されているのだろうか。

「私たちは……」

「我が主《あるじ》の住まいし山を穢《けが》す愚か者め、即刻ここから立ち去るがよい」

レイラが話をしようとするより先に、火の精霊がぴしゃりと告げる。

「ちょっと……」

「おいおい、聞く耳もたねぇって感じだな」

火の精霊から感じる不穏な空気に、グレッグも身構えた。

「我らが僕《しもべ》よ、敵を撃退せよ！」

火の精霊が叫んだ。

「ギャオォオーーー!!」

巣穴のさらに奥から、いないと思っていた竜が飛び出してきた。恐らく卵の親竜だろう。その鱗《うろこ》はどす黒い色に変色しており、目も濁《にご》っている。

「……まさか、竜が魔物化だと!?」

『やっぱりアイツ、歪《ゆが》んでる！』

グレッグの驚愕《きょうがく》の声と、ルーナの確信の声は同時だった。

「ここはまずい、外に出ろ！」

グレッグが荷物を掴んで巣穴の外に向かい、レイラも慌てて続く。ここまでの道のりの疲れで足がもつれそうになるが、今そんなことをしては、冗談ではなく死んでしまう。

奥から、竜がレイラたちを追ってきている足音がする。

「ギャオォオーーー!!」

レイラたちが巣穴から出た瞬間、背後の竜が火を吐いた。

「うおっ！」

「ひゃっ！」

グレッグが飛びのき、レイラも転がるように火を避けるが、それでも完全に避けきれない。

「……あっぷねぇ」

レイラがかけていた水の膜が、今の火で消失した。もし水の膜がなかったなら、レイラたちが火だるまになっていたのは必至だ。

「……っ、《水の衣》！」

レイラは再び水の膜を張る。

「よっしゃ！」

グレッグが目線でレイラに礼を告げ、荷物を放って大剣を構えた。

「正直竜を相手にしたくはねぇが、放っていくわけにもいかねぇな」

グレッグはこれまで見たことのない真剣な表情をしている。

事前の打ち合わせでは、竜に会ったら逃げると言っていたのだ。本来は、戦うつもりではなかった。

だが、このまま逃げても、麓《ふもと》の村まで追ってくるかもしれない。それに火の精霊が竜の背後に陣取って、じっとレイラたちを監視している。

火山は火の精霊の領域だ。逃げても先回りされるのがオチだろう。

それに、せいぜい下級の精霊術しか使えないレイラに、どれだけのことができるかわかない。

――最悪、ルーナだけでも逃がさなくては。

レイラは決意を固めた。

「ルーナ、私から離れてはダメ」

『レイラ……』

レイラの気持ちを察したのか、ルーナが不安そうにすり寄ってくる。

「いよぅし！　レイラは隠れてろよ！」

グレッグが大剣を構えて竜に向かって駆けていく。

「グオォォオン！」

竜が再び火を吐いたが、グレッグは今度はうまく避けた。火を吐いた状態から体勢を立て直す竜に、グレッグが斬りつける。

「チッ、やっぱ硬ぇなおい！」

上手く刃が通らないのを確認したグレッグはすぐに距離をとる。すると、寸前までグレッグがいた空間に竜が噛《か》みついた。

水の膜は火の熱は防ぐが、物理攻撃には無力だ。今はグレッグが避けたものの、レイラはひやりとしてしまう。

その後、グレッグは攻撃を繰り返し、何度目かの突撃で水の膜が消失した。

「あぁくそ、レイラもう一度！」

グレッグに言われるより先に、レイラはすかさず《水の衣》を施《ほどこ》す。今日だけで、もう何度目の作業だろうか。

竜相手に苦戦するグレッグを援護しようにも、レイラ程度が使う精霊術など、焼け石に水である。

――《水の玉》をぶつけても、水蒸気になるに決まってる。

火の精霊はずいぶんと竜に力を注いだようで、竜の全身から熱による揺らめきが見えた。竜に近寄っているグレッグも、相当熱いに違いない。

このままでは、グレッグの体力が尽きるのは時間の問題だ。せめて少しでもあの竜の気を散らせれば、隙ができて有利になるかもしれない。

——できることは、なんでもやる！

レイラは足元に転がる大きめの石を拾って、竜に見えないよう岩陰に隠れた。

「《水の玉》」

レイラは拾った石を水で包むとさっと顔を出し、大きく振りかぶってそれを投げる。

パシャン！

投げた石は、竜の尻尾の付け根あたりに当たった。《水の玉》だけだと衝撃にすらならないだろうが、石が気になったらしい竜が背後を振り返った。その竜の視界に入らないように、レイラはさっと隠れる。

「よそ見してんじゃねぇぞ！」

その隙を逃さずグレッグが斬り込むものの、竜がすぐに立ち直ったせいで、浅く斬りつけただけだった。しかし、攻撃の機会にはなったようだ。

——よし、どんどんやろう！

調子に乗ったレイラは、《水の玉》での投石攻撃を繰り返した。竜はだんだんとイライラしはじめて注意力散漫になり、グレッグが攻勢になってくる。

このまま、グレッグか勝つかと、レイラが希望を抱き始めた時――

「なにをしているのだ、さっさと片付けろ！」

予想外に時間を食っている竜を、火の精霊が叱咤《しった》した。

「グオォォオン！」

すると火の精霊に答えるように、竜が吠える。もしかすると、火の精霊から力が流れたのかもしれない。

「グオォォオン！」

竜が勢いよくグレッグに襲《おそ》いかかった。さっきまでの動きから、明らかに速さが増している。

――うっそ、そんなのズルイ！

かろうじて竜の攻撃を避けたグレッグだったが、再び苦戦を強いられることになった。

「くそっ」

グレッグから、焦りの声が漏《も》れる。竜が弱るたびに力を与える火の精霊がいる以上、竜の方が有利だ。そうなると、いずれグレッグが先に力尽きてしまう。

――本当は、あの精霊を狙うのがいいんだろうけど。

だが精霊は自然の営《いとな》みに必要な存在で、人間が攻撃するなんてことは許されない。「歪《ゆが》んだ精霊」だということを第三者に証明してもらえなければ、罪に問われる。それほど精霊殺しは重大なことなのだ。

――でも、精霊がむやみに生物を傷つけるのも、精霊の掟《おきて》で許されないはず。

ゆえに、これがもし相手が下位の精霊ならば、上位の精霊になんとかしてもらうのが一番だ。

しかし、その手は使えそうもない。この精霊は火の精霊王の代わりに火の精霊たちを統率している存在の可能性が高かった。そうだとすると、火の精霊王の言うことしか聞かないだろう。そして恐らく今、火の精霊王はいない。となれば、とりあえずは竜を行動不能にするしか手がないということになる。

——なんとかしなきゃ。

こうなると、レイラにできることは、もう一つしかない。

「ルーナ、力を貸して」

レイラはルーナにささやいた。

『アレやるの？　だけどレイラ、結構術を使ってるでしょ？』

ルーナが困惑している。レイラがなにをやろうとしているのかわかったのだろう。

ルーナが心配してくれているのはありがたいが、それに甘えてもいられない状況だ。火の精霊と竜がレイラたちを逃がしてくれる気がない以上、ここで無理をしなければ、グレッグ共々踏みつけられて人生が終わる。

「やるしかない」

『……うぅ』

レイラの決意に、ルーナはそれでも頷けずに首を揺らした。

精霊術師の力は、器《うつわ》の大きさで決まる。比較的小さめの器を持つレイラには、下級の精霊術を小出しにするのがせいぜいだ。しかしレイラは、精霊を連れた者として裏技を持っていた。

普通の精霊術師は溜めた力を消耗すれば、再び器に自然と力が満ちるのを待たねばならない。それをレイラは強引に、ルーナの力を注いでもらうのだ。力が抜けた器に、間髪容《かんはつい》れずに力を満たすというやり方だ。

これによってレイラは、上級の精霊術を使えるだけの力を得る代わりに、酷く疲労してしまう。世の中うまい話ばかりではない。

問題なのは、ここまでの道中に出くわした魔物のせいで、レイラは力をかなり消耗していることだ。そのため上級の精霊術を使う力を得るには、ルーナの力を一度注ぐだけでは足りない。

何度も強引に器を満たすと、その反動はより大きいものとなる。ルーナはそれを気にしているのだ。

「大丈夫、アイツらが倒れてから、ぐっすり寝る」

レイラは全身にぐっと力を込めた。

『……わかった』

レイラの決意を察したらしいルーナが、シュルリと腕に巻き付く。

『いくよ』

レイラが器に残った精霊の力を使う端から、ルーナの力が流れてくる。

——やっぱり苦しい！

例えるならば、もう空気が入らないのに、無理に息を吸い続けているような苦しさだ。じりじりと耐えている間は、実際はほんの数秒なのに、とても長いものに思えた。

精霊術を使うに十分な力が溜まったら、自分には大きすぎる力を散らしてしまわないよう、レイラは細心の注意を払って具現化する。

「《氷の槍》！」

レイラが生み出した氷が、硬い岩をも貫《つらぬ》く槍となった。それを宙に浮かべながら、レイラは迷う。

——どこを狙う？

グレッグが苦労している相手だ、レイラが適当に槍を投げて、うまくいくはずがない。迷い続けるレイラに、グレッグから声が飛んできた。

「腹を狙え！」

レイラを気にしている竜を、グレッグが大剣で払いながら蹴り飛ばす。すると、竜がレイラに腹を見せる格好となった。

その一瞬を逃さず、レイラは氷の槍を飛ばす。

「グオォォオン！」

レイラの放った氷の槍が竜の腹のど真ん中を貫き、竜は苦痛の叫び声を上げた。

「ぐぅ……」

とたんにのしかかる疲労感に、レイラは膝をつく。指一本動かすのも億劫《おっくう》になり、全身から脂汗《あぶらあせ》が噴き出してきた。

しかし、無理をした甲斐《かい》はあったようだ。

「グオォォ……」

深い傷を負った竜がよろよろと足踏みして、ズシンと大地に身体を付けた。

「「やった!?」」

レイラもグレッグも、これで終わったと考えた。

しかし――

「なにをしているのだ!?」

怒った火の精霊が手をかざした、その直後。

「グオォォオン！」

竜は全身を赤く輝かせ、再び力強く首を上げた。

「なに!?」

レイラの氷の槍は竜の腹に穴を開けている。とどめを刺せていなくとも、瀕死《ひんし》の傷を負わせたはずだ。いくら力を足したとしても、何故立ち上がれるのか。

この疑問の答えを、ルーナが叫んだ。

『あの精霊、無理矢理アイツを立たせたよ！　酷い！』

ルーナが火の精霊に向かって怒る。火の精霊は瀕死の竜に力を注いで、無理に戦わせようとしているのだ。

「ギャオォォォーーー!!」

竜は苦しそうに吠えた。腹から血を流している状態で、強引に立って動かされたのだ、その苦痛は相当なものだろう。竜が身動きするたびに、傷口から大量の血が噴き出る。

「自然と共にあるべき精霊が、なんてことを……」

命ある竜を操り人形にするかのような行いに、レイラは全身を震わせた。

「ひでぇなこりゃ……」

グレッグも言葉もない様子だ。

しかし、レイラたちの非難にも、火の精霊はどこ吹く風だった。

「水がこの地を穢《けが》そうとするから悪いのだ！　私は火の精霊王様の留守役として、水の穢れから御身を守るのみ！」

自らの正義を振りかざす火の精霊は、まさしく歪《ゆが》んでいた。

「かわいそうに、早く楽にしてやるよ！」

大剣を握る手に力を込めたグレッグが、竜に跳びかかる。

いくら精霊の力を貰ったとはいえ、腹に深い傷を負った竜は明らかに動きが悪かった。グレッグの大剣が確実に竜の体力を削るが、精霊の力のせいで倒れることもできない。

もはや死体が動いているのも同然で、竜は苦痛の叫びすら上げなくなった。

火の精霊も、操っている竜の身体が限界を超えたことを悟ったようだ。

「先に女を始末する！」

疲労で動けずにいるレイラに目をつけたらしい。火の精霊が片手を振るうと、複数の火が飛んできた。

『レイラ！』

ルーナが叫んだ次の瞬間、レイラを覆《おお》うように氷が現れる。しかし火の精霊が飛ばした火によって、それらはあっけなく割れた。

「水の子供が、悪あがきを！」

ルーナに邪魔されたことに、火の精霊は不快感を露《あら》わにする。

『レイラをいじめるな！』

ルーナは氷の粒を生み出すと、火の精霊に叩きつけた。けれども、あっけなく払われてしまう。

「なかなか力が強い。しかし私には敵《かな》わん！」

火の精霊は余裕の笑みすら浮かべている。それでもルーナは飛んでくる火を氷で防ぎ、氷の粒を飛ばして攻撃することを繰り返す。

——ルーナの力じゃあ、あいつに敵わない。

ルーナだって、かなり消耗しているはず。ただでさえ水の精霊が存在するには厳しい火山で、レイラのために力を使った後だ。余力は、さほどないに違いない。

このままではレイラを守っているせいで、ルーナも力尽きてしまう。

——せめて、ルーナだけでも助ける……！

レイラは全身に残る力を総動員し、震える手で縋《すが》りつくルーナを引き剥《は》がした。

『レイラ!?』

突然の行動にルーナが驚く。しかしレイラはそれに応じず、渾身《こんしん》の力を込めてルーナをできる限り遠くへ投げた。

『レイラぁ！』

「逃げてルーナ！」

泣きそうな叫びを上げるルーナに、レイラも叫んだ。今ならば地下を流れる水に乗って、ルーナだけでも逃げられる。

ズシン！

その時、地響きがして竜が倒れた。火の精霊がレイラたちにかまけているうちに、とうとうグレッグが竜の首を斬り飛ばしたのだ。竜の全身から瘴気《しょうき》が流れ出るにつれて、その動きが止まっていく。

「ちっ、役立たずが。もういい、自分でやるとしよう！」

そう言った火の精霊が空に手をかざすと、巨大な火球が生まれた。

「これで終わりだ！　水の穢《けが》れを操る女め、塵《ちり》も残さず燃え尽きろ！」

火球がレイラに落ちてくる。レイラにはもう、走って逃げる力は残っていない。

——これが最期か……

人生の終わりをこんな場所で迎えようとは、考えてもみなかった。

諦めの笑みを浮かべたレイラを、庇《かば》うように抱きしめた者がいた。

「悪ぃな、こんなことになって」

レイラの耳元でささやいたのは、竜を倒したグレッグだ。

「どうして……」

グレッグだって疲れ切っている。レイラを抱えて逃げる体力は残っていないだろう。でも、一人なら逃げられたかもしれないのに。

そんなレイラの疑問を、グレッグは聞かずとも察したようだ。

「お前を置いて、一人で逃げられるかよ」

そう告げたグレッグは、レイラを自らの腹の下に抱え込んだ。少しでも、レイラが助かる確率が上がるように。

——そんな……！

最後の最後で、誰かに庇《かば》われるなんて。人生とは皮肉だと思うと同時に、レイラは心が温かなもので満たされた気がした。

「二人纏《まと》めて消えるといい！　ふははは……！」

火の精霊が狂気に満ちた声で嗤《わら》う。

レイラは最期の瞬間を覚悟して目を閉じた。

『主様《あるじさま》、主様、レイラが死んじゃうよぉ!!』

嘆《なげ》きを空に響かせたルーナの額《ひたい》が、ほのかに光ったことに気付いた者はいなかった。

迫りくる火球の熱に、レイラが全身を焦がされそうになった、その瞬間——

ドガァン！

ものすごい轟音《ごうおん》が響き、鼓膜が破れるかのような震動の後、レイラはゆっくりと目を開ける。

——まだ、生きてる？

不思議に思うレイラの視界に飛び込んだのは、自分たちを包む分厚い氷だった。

『水の子供が、まだこんな力を残していたか⁉』

そこで、火の精霊が初めて慌てた様子を見せた。

——違う、ルーナじゃない。

こんな力があるならば、最初に使っているはずだ。では一体何者だというのか。

レイラたちを包む氷が、火球の熱で徐々に溶けていく。氷が溶けた隙間から、宙に一粒の氷が浮かんでいるのが見えた。その氷は少しずつ大きくなり、人をかたどっていく。

「歪《ゆが》んだ精霊が。このようなことが許されると思うな」

静かな声がした。レイラでもグレッグでも、ルーナでもない声が。

氷はやがて、人そのものへと変わった。それも白い肌に紺《こん》色の長い髪と目をした、美しい青年だ。

——なに、これは？

しかし、気力の限界を迎えたレイラはここで、意識を手放した。

第四章　精霊王

時間は少し遡《さかのぼ》り、グレッグが竜の首を斬り飛ばした直後。

レイラが危ない。そう思ったグレッグの脳裏に、レイラと旅をした記憶が駆け抜けた。

歩くのは苦手だが、わがままを言わず青臭い草をもしゃもしゃしながら歩く姿。なにを考えているのかわかりにくいけれど、井戸が枯れて困っている村人をためらわずに助ける姿。そして、信頼する水の精霊に時折微笑《ほほえ》んでいる姿。

妙なことに博識で、美味《おい》しいのに見た目が残念な料理を作るレイラ。そのレイラが死んでしまう。たとえ自分は逃げられても、レイラは失われてしまう。

——いや、それはダメだ！

とっさにレイラを抱き込んだのは「依頼」ゆえではなくて、グレッグの心が判断したことだった。

そしてグレッグが死を覚悟した時。二人を守るように分厚い氷の壁と、圧倒的な存在感を放つ姿が現れた。

「さあ、覚悟はできているか？」

そう告げた者の揺らめく髪と瞳は、深い深い水底の色をしている。その威圧感は、火山の主である火の精霊王にも匹敵するだろう。

この正体について、グレッグは答えを知っていた。

「水の、精霊王……」

人生で一度だけ目にしたことがある存在が現れ、グレッグは息を呑んだ。

「水の精霊王だと⁉　何故ここに⁉」

一方で、火の精霊は思ってもみない大物の出現に焦りを見せた。

そんな中、ルーナが水の精霊王のもとへ飛び込んでいく。

『うわーん、主様《あるじさま》ぁ！』

わんわんと泣きじゃくるルーナを、水の精霊王が軽く撫《な》でた。

「頑張ったようですね、よく耐えました」

水の精霊王はそう言って優しく微笑むと、視線を火の精霊に向ける。

「我らが水を滞《とどこお》らせていたのは、お前ですか」

水の精霊王が目を眇《すが》めると、凍り付くような空気が漂《ただよ》った。いや、実際に水の精霊王の周囲が凍り始めている。

グレッグにも、あれだけ暑かった周囲の気温が急激に下がるのがわかった。水の壁のおかげで寒さが和《やわ》らいでいるようだが、汗が冷えたせいで身体が震える。

――このままだと凍えちまう！

グレッグは慌てて上着を着て、レイラにも自分の外套《がいとう》をかぶせた。

グレッグがそんなことをしている間も、精霊たちは睨《にら》み合っている。

「出たな、災《わざわ》いの根源が！」

火の精霊は忌々《いまいま》しそうに水の精霊王に言い放つ。

「きさまのせいで、主様《あるじさま》は長い眠りにつかねばならなかったというのに。精霊にとって大したことのない時間であるはずの十数年が、私にとっては非常に長いものだったというのに！」

火の精霊の恨みは今、全て水の精霊王に向かっていた。

「今、災いを断ち切る！」

火の精霊が巨大な火を生み出し、水の精霊王に放つ。しかしその炎は氷に阻《はば》まれ、あっけなく消えてしまう。

水の精霊王は、恨みに燃える火の精霊を見据《みす》えた。

「これほどまでに放置されるとは。さてはお前は火の精霊王が不在の間の留守役か？　だから他の火の精霊では手が付けられなかったのだな」

水の精霊王の声に憐《あわれ》みが覗く。だが、それはかえって火の精霊を逆上させた。

「なにをぬかすか！　きさまのせいで火の精霊が侮《あなど》られるようになったのだ！」

火の精霊が手を振るうと、水の精霊王に特大の火球が放たれる。しかし、その火球は途中で凍り付いて割れてしまった。

「……くそぅ！」

己の力が及ばないことに、火の精霊は悔しそうに呻く。

火の精霊を軽くいなした水の精霊王は、何事もなかったかのような涼《すず》しい顔で、諭《さと》すみたいに語った。

「我ら精霊王は互いに、できうる限り干渉しないことが掟《おきて》。なので、限界まで見守るつもりでした」

『そうですよぅ！　だから僕頑張ったんだもの！』

えぐえぐと泣きながらルーナが主張する。

「そうですね、お前はいつでも私を頼れた。それをしなかったのは、精霊の掟を守ったからですよね」

水の精霊王はルーナを褒《ほ》めつつ、火山の火口を見上げた。

「しかしこの騒ぎの中で、まだ寝ているとは……」

水の精霊王はため息を吐くと、すうっと片腕を上げた。

「起きなさい、この寝坊助《ねぼすけ》！　世界を破滅させる気ですか⁉」

水の精霊王はそう怒鳴りつけ、上げた腕を振り下ろす。すると天に巨大な氷の塊《かたまり》がいくつも出現して火山の火口に降り注ぎ、周囲一帯に地響きを起こした。

「うぉっ⁉」

グレッグは突然の衝撃に驚きつつもレイラを抱えて、なんとかその場に踏ん張る。幸い、氷の壁に囲まれているおかげで、火山の斜面を転がる心配はない。

「主様！」

火の精霊王が眠っている火口を襲《おそ》われ、火の精霊が悲鳴を上げた。

やがて氷がマグマで溶けたのだろう、火口から大量の水蒸気が立ち上《のぼ》る。

すると……

「ふぁーーぁ、良く寝た」

そんな呑気《のんき》な声と共に、突然、大きな火の塊《かたまり》が宙に現れた。

「おぉ……」

火の精霊が、目を輝かせて火の塊を見つめる。

その火は次第に人の形を作り出し、やがて人そのものへと変わっていく。現れたのは褐色《かっしょく》の肌に燃えるような赤い髪と瞳の、野性的な風貌の男だ。

「くわぁ、ちょいと寝すぎたか」

男は欠伸《あくび》を噛《か》み殺しながら大きく伸びをすると、水の精霊王の姿に気付いた。

「あん？　水の精霊王じゃねえか。どうした？」

その呑気な態度に、水の精霊王がぴきり、とこめかみをひくつかせる。

「どうした、じゃありません！　火の精霊王よ、あなたがきちんと躾《しつけ》をしておかないから、こういうことになるんですよ！」

「どうしたんだよいきなり、怖い顔をして」

叱りつける水の精霊王に、火の精霊王は瞬《まばた》きをした。なにを責められているのかわからない、といった顔だ。

そんな火の精霊王に、火の精霊が縋《すが》りつく。

「我が主よ、火山を穢《けが》す水どもを消してしまってください！」

「は？　なんだぁ？」

喜び勇んで訴えてくる火の精霊に、火の精霊王は首を傾げる。

「俺ぁ起きたばっかだぞ、急にそんなこと言われても、なにがなんだかわからん」

火の精霊王が欠伸を噛み殺しながらそう告げると、火の精霊は水の精霊王を指さした。

「簡単な話です！　奴が我らを脅《おびや》かす穢れた存在だからですよ！」

がなり立てる火の精霊を見て、火の精霊王は顔をしかめる。

「お前は俺がいない間に、なにを吹き込まれたんだ？」

火の精霊王はギロリと睨《にら》むように目の前の精霊を見た。先程までの眠気は、すっかり吹き飛んだ様子だ。

「え……？」

まさか火の精霊王から責められるとは思ってもいなかったのか、火の精霊の表情が強張る。

「なにを、とは？」

言葉に詰まる火の精霊に、火の精霊王は続けて問いかけた。

「そういやぁ、あの竜はなんだ？　死んでるみたいだが、魔物化してるじゃねぇか。誰が歪《ゆが》んだ影響を受けた？」

「あれ、は……」

追及された火の精霊は、必死に言い訳を考えているのか、目を泳がせる。

魔物は、歪《ゆが》んだ精霊の瘴気《しょうき》にあてられた生物が変化するもの。即《すなわ》ち魔物となってしまった生物は、歪んだ精霊の被害を受けたということだ。そして竜ほど強い生物を魔物化させるには、小さな精霊たちでは力が足りない。

竜を魔物化させる力を持った精霊は、留守を任された火の精霊しかいないのだ。そのことを、火の精霊自身がよく知っていた。

「歪んでなど……そうです、歪んでいるのは水の奴らだ！」

追いつめられた火の精霊は、水の精霊に責任を押し付けようとする。

これに、火の精霊王は馬鹿正直に水の精霊王に尋ねた。

「歪んでるのか？」

「馬鹿を言うとお仕置きしますよ」

火の精霊王の率直な質問に、水の精霊王はジトリとした視線を返す。

「そうか、じゃあ違うな。嘘をつくんじゃねぇぞお前」

火の精霊王は、再び火の精霊を責めた。

「何故……、何故そんな奴を信用してなれ合うのですか？　我が主《あるじ》、火の精霊王ともあろうお方が！」

己を信じてもらえなかった火の精霊は、衝撃を受けたようによろめく。

「なれ合う？　お前こそなにを言っている。精霊は互いに力を合わせて世界を保つ。それが俺たちの役目だ」

火の精霊王は世界の道理を説いた。

「こんな言葉を聞きたいのではない！」

しかしそれは届かず、火の精霊が半狂乱になって叫んだ。

「火こそ至高の存在、その王が水などにやられて眠りについてしまうなんて、私には耐えられない！」

勝手なことを口走る火の精霊に、火の精霊王は静かに言った。

「俺が一番偉いなんて、誰が言ったよ。そんな妙なことを考えていると知られてみろ、他の王らからボコボコにされるじゃねぇか」

火の精霊王の言葉に、火の精霊は反論する。

「なにを仰《おっしゃ》るのですか！　他の王どもも主には敵《かな》わない、そうでしょう!?」

もはや聞く耳を持たない火の精霊に、火の精霊王は憐《あわれ》みの視線を向けた。

「ずいぶんと人間に染まったな。お前はもう、精霊じゃねぇ」

「……なんと？」

火の精霊は、理解できないと言わんばかりに目を瞬《しばた》かせる。

「てめぇは危ないから消えろと言ったんだ」

「そんな、主様《あるじさま》！」

火の精霊は、とっさにこの場から逃げようとした。しかしそれは敵わず、火の精霊王から伸びた火によって捕らえられる。火を自在に操る火の精霊でも、それが火の精霊王の放ったものとなるとどうにもできない。

「主様《あるじさま》、お許しを、どうか……」

許しを請う火の精霊は、やがてその姿を崩していく。

「瘴気《しょうき》を放つ精霊を、放っておくわけにはいかない」

火の精霊だったものはただの火の塊《かたまり》となると、火の精霊王に吸い込まれるようにして消えてしまった。

そのあっけない終わりを目の当《まあ》たりにしたグレッグだが、清々《せいせい》したという気分にはなれなかった。

──あいつも、ある意味被害者だよな。

レイラの推察が確かならば、あの精霊は人間の甘言のせいで歪《ゆが》んでしまったこととなる。その末路を見て、グレッグはなんとも言えない気持ちになっていた。

──こっちだって死にそうになったんだ、同情はしねぇがな。

グレッグとしては、憐《あわ》れに思うのみだ。

「さて、瘴気の元はこいつだけか？」

火の精霊王が、ぐるりと火山を見渡した。

「ちっ、この山の奴らほとんどかよ。面倒臭ぇな」

舌打ちする火の精霊王を、じとりと水の精霊王が睨《にら》む。

「あなたの責任でもあるのですよ？　うちの子たちは私が休んでいる間も暴走などせず、きちんと役目を果たしてくれました」

この苦言に、火の精霊王はばつが悪そうに頭を掻いた。

「悪かった、寝すぎたのは反省してる」

火の精霊王はそう言って謝ると、火山中に力を放つ。

「てめぇらみんな、俺に戻れ!!」

とたん、火山のあちらこちらで精霊の悲鳴が上がる。

『そんな!』

『どうして!?』

ほとんどの精霊が火に還《かえ》ると、火の精霊王に吸い込まれて消えた。

そんな中――

『みぎゃー!』

グレッグの近くで、獣の叫んでいるような声がした。

その声は、グレッグが荷物を放ったあたりから聞こえる。一体何事だろうかと考えて、すぐに原因に思い至った。

「すっかり忘れてたが、あいつがいたな」

荷物の中に、子猫の姿をした火の精霊が水の紐でぐるぐる巻きにされたままになっていた。話し声は聞こえずとも、鳴き声は聞こえるのか。

グレッグは、もう危険なことは起こりそうにないと考え、氷の壁の溶けた隙間から慎重に外に出る。そして荷物に駆け寄って中を確認すると、子猫がぼうっと輝きながらもがいていた。

「……仲間と一緒に消えなかったのか」

『ヤダヤダヤダー！』

グレッグが摘み上げると、子猫はがむしゃらに動く。もしかするとルーナの水の紐でぐるぐる巻きにされているおかげで、他の仲間のように回収されなかったのかもしれない。

困惑するグレッグと子猫に気付いていないのか、火の精霊王は次の作業に進む。

「さて、掃除の後は片付けだな」

火の精霊王が手を一振りすると、数多《あまた》の小さな火と、一つの大きな火が生まれた。

「新たな火の精霊よ、この山の秩序を保て」

火の精霊王がそう唱えてすぐ、小さな火は子猫の姿に、大きな火は豹《ひょう》の姿となる。

豹《ひょう》は人の形をとり、年若い少年となった。

「我が主様《あるじさま》、なんなりとお申し付けを」

新たな上位の火の精霊に、火の精霊王は命じる。

「この山の魔物を一掃しろ」

「わかりました」

子猫たちを従えて、火の精霊は飛ぶように駆けて行った。

残されたのはグレッグとレイラ、暴《あば》れる子猫に二人の精霊王とルーナだ。火の精霊王が視線をグレッグの方に向けたとたん、子猫はいっそう暴れた。

『うぎゃー！』

「こら、暴れるな！」

グレッグは子猫を逃がさないために両手で拘束《こうそく》する。

「お、そこにもいたか」

子猫の気配に気付いた火の精霊王が、こちらにやってきた。すると子猫は、暴《あば》れるのをやめて怯《おび》えたように震え出す。

「処理するから、それをこちらによこしてくれ」

グレッグは、そう言って片手を差し出してくる火の精霊王と、震えて尻尾を丸めている子猫を見比べる。

子猫がかわいそうな気もするが、精霊同士の話に首を突っ込んではいけないということくらいはわかっていた。

ただ、今のグレッグには、この子猫を捕らえた目的の方が大事だ。

「火の精霊王様、できればこいつは証拠として残しておいてほしいんですが」

この子猫は、レイラが証拠として捕らえたもの。せめてこの大騒動の原因となった奴——フェランの協会の支部長に罪状を突きつけるまで、消されては困る。

グレッグが懇願《こんがん》すると、火の精霊王は首を傾げた。

「そうか？　そいつはまだ瘴気《しょうき》を出していないから、まあいいか」

火の精霊王がそう告げたとたんに、子猫の輝きが消えた。

『ふぁー、助かったぁ！』

子猫は水の紐にぐるぐる巻きにされたままだが、ホッと安堵の息を吐いている。この後はどうなるかわかっていないというのに、なんとも呑気《のんき》な精霊だ。

「剣士よ、危ないところでしたね。間に合ってなによりです」

水の精霊王がそう言いながら、ルーナを連れてやってきた。水の精霊王の手の中で、何故かルーナがジタバタと暴《あば》れている。

『レイラ、レイラ、死んじゃったの⁉』

「ちゃんと生きているようですから、落ち着きなさい」

グレッグにはルーナの声は聞こえないけれど、水の精霊王が何事か諭《さと》しているらしいのはわかった。

『わーん、レイラぁ！』

「まったくお前は……」

それでもルーナがあまりに激しく暴れるので、水の精霊王がその額《ひたい》をちょんと突《つつ》く。するとルーナはぼうっと光った後、幼い男の子の姿になった。

「……はぁっ？」

グレッグがあっけにとられている間に、男の子となったルーナが、氷の壁の中で未だ意識を失っているレイラのもとへ飛び込んでいった。

「レイラ、レイラ！　うわーん生きてるぅ！」

レイラに抱き着いたルーナは、大泣きしている。

「お前は私から分かれた存在なのに、どうしてそうも泣き虫なのか……」

水の精霊王は困ったように呟いた。

「あの蛇、人の姿になれたのか……」

あっけにとられているグレッグに、水の精霊王は微笑《ほほえ》んだ。

「あれは元々上位の精霊です。私が少々細工して、人の姿を封印していただけ」

「……はぁ」

グレッグは驚きすぎて、もはやどうすればいいのかわからない。

「はっは、賑やかな精霊じゃねぇか！」

火の精霊王が楽しそうに笑った。

ルーナの泣き声がようやく落ち着いたところで、精霊王たちが改めてグレッグに向き直った。

「で、この人間たちはなんだ？」

火の精霊王が今更な質問をする。

「あなたの寝坊の巻き添えを食った、不幸な剣士と精霊術師です」

水の精霊王は火の精霊王をジロリと睨《にら》んだ後、グレッグに微笑《ほほえ》んだ。

「剣士よ。レイラに会いたいという私の願いを、あなたは叶えてくれました」

そう語りかけてきた水の精霊王に、グレッグは静かに頭を下げた。

グレッグが連れていく精霊術師をレイラにすることにこだわったのは、もう一つ理由があった。

水の精霊王からの依頼があったのだ。その依頼が、ここで思いがけない形で叶うこととなった。

「レイラをちゃんとした寝台で休ませたいので、移動しましょう」

水の精霊王の提案で、グレッグたちは麓《ふもと》の村へ向かうことになる。

「俺も行こう。麓がなにやら騒がしいからな」

火の精霊王も、同行を申し出てきた。

――騒がしいのは、たぶん麓の村にいる協会の連中だな。

あれだけ派手に火山が鳴動したのだから、無理もない。

「ほら、行きますよ」

「うぅ、レイラぁ……」

まだぐずっているルーナを引き連れ、一同は水の精霊王の力で、一瞬で移動した。

二人の精霊王が現れたことで、麓の村がパニックになったのは言うまでもない。

＊　＊　＊

目を覚ましたレイラは、知らない部屋にいた。

ここはどこだろうと思いつつも、何故か身動きできないので、顔だけを動かして周囲を見る。どうやら、自分がいるのはベッドの上らしい。

――なんで私、寝てるの？

自分がどういった状況なのか、さっぱりわからずに混乱する。確かグレッグと一緒に火山に登っている時に魔物が現れて、竜と上位の火の精霊と戦い……それからどうしたのだろうか？

レイラが己の身に起こった出来事を順を追って考えていると――

「むーん……」

なにかがレイラの胴を締め付けた。しかも結構な力で。

「ぐえっ」

レイラは思わず呻き声を上げた。

なにが起こったのかと、苦しい中でなんとか首を動かして下を見たところ、幼い男の子がぎゅっとレイラのお腹あたりを抱きしめて寝ている。レイラが身動きできないのは、そのせいのようだ。

男の子は白い髪に白い肌で、見覚えのない姿である。

――誰これ？

寝起きから謎だらけで、レイラの頭の中には、疑問符がいっぱいだ。

すると急に、ノックもなく部屋のドアが開いた。今度はなんだと、必死に首を巡らせてそちらを見る。

「お、レイラ起きたか？」

部屋に入ってきたのは、グレッグだった。彼は大怪我をしている風でもなく、普通に立って歩いている。

――グレッグが生きてる！

レイラが最後に記憶していたのは、自分を抱きしめ、火の精霊が放った巨大な火球から守ろうとしてくれたグレッグの姿だ。

一人ならば逃げられるのに逃げなかったグレッグを、馬鹿だなと思う気持ちもあるが、それ以上に心の大きな部分を占めているのは……

——嬉しかった、かな……

幼少時から、簡単に見捨てられる存在だったレイラ。グレッグはそんな自身を、命がけで庇《かば》ってくれた初めての存在とも言えた。

「……無事？」

一応確認するレイラは、顔が緩《ゆる》みそうになるのを必死に堪《こら》えているので、変顔をしているように見えるに違いない。

「おうよ、お互いにな！」

グレッグがにかっと笑う。そこで、二人とも助かったのだと、レイラはようやく理解できた。

グレッグとの会話がうるさかったのか、レイラに抱き着いて寝ていた男の子が呻く。

「うーん……」

男の子はもぞもぞと身じろぎすると、ぱちりと目を開けてレイラを見た。その瞳は綺麗な赤色だ。

「えっと？」

レイラが誰なのか聞こうとしたとたん、男の子は目に涙を溢《あふ》れさせた。ひょっとして自分が泣かせてしまったのかと、レイラは内心慌てる。

「レイラが起きたぁ!!」

男の子がそう叫んで、さらにぎゅっと力を込めてレイラを抱きしめた。おかげでレイラの内臓が悲鳴を上げている。

――苦しい、苦しいからやめて！

助けを求めるように布団を叩いていると、レイラの様子に気付いたグレッグが、男の子を強引に剥《は》がしてくれた。

「助かった……」

レイラはホッと安堵の息を吐く。

「わーん、レイラぁ！」

剥がされた男の子が、泣きながら暴《あば》れる。

「レイラは逃げねぇんだから、締めるのはやめろ。お前は力が強いんだよ。またレイラが寝込むぞ」

「それは嫌だぁ！」

寝込むと言われて、男の子がさらにわんわんと泣き喚《わめ》く。

「あの、誰？」

いい加減に説明してほしい、とレイラが尋ねれば、グレッグより意味不明な答えがあった。

「これ、お前が連れてた精霊だぞ」

「はぁ？」

レイラが連れている精霊は、ルーナしかいない。だがルーナは白蛇の姿で、人の姿をとったことはない。グレッグがおかしくなったのかと、レイラが疑いを抱いた時、ドアが開いて二人の青年が入ってきた。

「これ、騒がしいですよ」

「お、起きてるじゃねぇか」

一人は白い肌に紺《こん》色の長い髪と目をした、美しい青年だ。一瞬女性かと思ったのだが、声が男性のものだった。

もう一人は褐色《かっしょく》の肌に真っ赤な髪と目の、野性的な青年だ。二人に共通して言えることは、目がくらむほど美しいということだろうか。

グレッグも格好いい男なのだが、この二人は次元が違う見目の良さだ。美形だとかそういった陳《ちん》腐《ぷ》な言葉では言い表せない、拝みたくなるような存在感がある。

その二人のうち、紺色の髪の青年が、レイラに話しかけてきた。

「久しぶりですね、レイラ。すっかり大人の女性になって……」

不思議な挨拶《あいさつ》に、レイラは首を傾げる。

「……久しぶり？」

レイラはこんな美しい青年に会ったことはない。一瞬でも見たならば、記憶に鮮明に残っているはず。だからこれが初対面のはずだ。なのに「久しぶり」とはどういうことだろうか。

――っていうか、誰？

レイラはさっきから、この疑問ばかりを繰り返している気がする。

「あー、レイラ。落ち着いて聞けよ？」

さっぱり事態が呑み込めていないレイラに、グレッグが助け舟を出してきた。

「レイラ、こちらは水の精霊王様と火の精霊王様だ」

だがそれは助け舟ではなく、混乱へと進む泥船だった。

「……はぁ？」

レイラの脳が仕事を拒否している。なにを言われたのかさっぱり理解ができない。

「そんでさっきも言ったが、こいつはお前がルーナと呼んでいた精霊だ」

グレッグが、男の子をずいっとレイラに押し付けた。

「そう、僕ルーナ！」

男の子がベッドの上にちょこんと座って、えっへん、と胸を張る。ルーナもそんな仕草をすることがあるなと、レイラはぼんやり考えた。

「って、本当にルーナ？」

レイラは何度も目を瞬《しばた》かせる。人の姿をとれるのは、上位の精霊のみ。まさかルーナが、と信じられない思いだ。

「そうだよぅ！　主様《あるじさま》に人の姿に戻してもらったんだから！」

大混乱中のレイラに、ルーナが追い打ちをかけるように言ってくる。

「あるじ、さま？」

精霊の言う主様とは、精霊王のことを指す言葉だ。ぎぎぎ、とレイラは再び首を巡らせて、紺《こん》色の髪の青年を見る。

――え、本気で精霊王なの？

何故そんな大物が、ここにいるのか。それに水の精霊王だというお方に、久しぶりだなんて言われる覚えはないはずだ。

大混乱中のレイラに、水の精霊王だという紺《こん》色の髪の青年がふわりと笑いかける。

「わからずとも無理はありません。あの時の私は人の姿をとれず、自力で移動できないほどに弱っていましたから」

水の精霊王はそう言って全身を光らせると、姿を変えた。

次の瞬間、そこにいたのはルーナとは比べ物にならないくらい大きな蛇だった。胴の太さは巨木ほどもあるだろう。狭い室内のせいか余計に質量が増して見えるその身体は、虹色の不思議な輝きを放っている。

――うん？　虹色の蛇？

レイラの記憶に引っかかるものがあった。

『あの時は弱っていたせいで、もっと小さな姿だったでしょうね』

水の精霊王は虹色の蛇の姿で、そう言う。

「……あ!?」

この言葉で、レイラは幼い日の出来事を思い出した。

あれは師匠と出会う前、里親の家にいた頃のこと。

火山での採取から帰ってくる道中、レイラは茂《しげ》みの中で死んだように気絶している蛇を見つけた。

その蛇がとても綺麗な虹色だったので、きっと皮を剥《は》いだら売れるに違いないと思った。

「あの皮を剥ぐっ……!?」

途中まで言いかけたレイラの口を、突然グレッグが塞いだ。

「むー、むー！」

レイラは、グレッグの手を叩いて抗議する。

「おい、ちょっと小声で俺にだけ教えろや。皮を剥ぐって聞こえた気がするんだが？」

レイラにのみ聞こえる声で、グレッグが聞いてくる。

レイラは興奮状態のまま、しかし小声で語った。

「ずっと昔に、虹色の綺麗な蛇を見つけたから、皮を売ったらお金になるかとムグッ！」

グレッグはみなまで言わせず、再びレイラの口を塞ぐ。

「レイラは綺麗な虹色の蛇がいたことは覚えているとか」

引きつった笑みを浮かべたグレッグが、水の精霊王にそう告げた。

当時のレイラは、珍しい虹色の蛇を捕まえたはいいものの、すぐに皮を剥ぐ暇はなさそうだった。

なので、とりあえず誰にも見つからないように、袋に入れて屋根から下げたのだ。

次の日の朝に見に行くと袋の中身が空だったので、逃げられたと悔しく思ったことを覚えている。

部屋の隅《すみ》で赤い髪の青年が笑いを堪《こら》えている中、水の精霊王は再び人の姿となった。

「初めて会った時のことを覚えていたとは、嬉しい限りです」

水の精霊王は、そう言って微笑《ほほえ》んだ。

「人間にとって蛇という生き物がどういう存在か、私も知っていますから、きっかけについてどう言うつもりはありません。むしろ私の姿を美しいと思ってくれたのなら、礼を言わねばなりませんね」

水の精霊王は、レイラがどういう意図で自分を捕まえたのか、ちゃんと承知していたようだ。それなのにレイラを責めず、礼を言いたいのだとか。

――私って、水の精霊王の皮を剥ごうとした人間ってことか。

万が一実行していたら、世界を揺るがす大事件になっていた気がする。話を聞いているうちに落ち着きを取り戻してきたレイラは、大人しく黙った。

レイラがようやく事態を理解できたと察したのか、グレッグが口から手を外す。

「あのまま野に放っておかれたら、仲間の迎えが来る前に獣の餌食《えじき》になったかもしれません。あの時の私は、それほど弱っていました。そんな私をあなたが保護し、獣の手の及ばぬ軒下《のきした》に上げてくれたのです。本当に助かりました」

水の精霊王はレイラによって救われたと告げた。

――そうか、あの時は迎えが来て帰ったのか。

結果だけ見ると、善行をしたということだ。レイラは事態を前向きに受け止めることにした。

そして、レイラはふと部屋の隅へ視線を向ける。

こちらのやり取りを聞いて未だに笑っている赤い髪の青年は、グレッグ曰《いわ》く火の精霊王だという。

水の精霊王が弱った原因は、火の精霊王との喧嘩《けんか》が原因だったはず。

「あの、どうして火の精霊王と喧嘩を？」

——仲が悪そうに見えないんだけど？

レイラの純粋な疑問に、水の精霊王は苦笑した。

「人間の間では、そんな話になっているようですね」

水の精霊王はそう前置きをして、十数年前の喧嘩の真実を教えてくれた。

「この火の精霊王は今は穏やかにしていますが、非常な癇癪《かんしゃく》もちでしてね。その溜まった癇癪を爆発させた時に、世界中の火山が大噴火を起こすのです」

火の精霊王ともなると、癇癪の起こし方も尋常ではないようだ。

——迷惑な性格だな。

レイラが無表情にそんなことを考えていると、それを察知したのか、火の精霊王から横やりが入った。

「お前、迷惑な奴だと思っただろう？　でもこれも、自然の営《いとな》みには必要なことなんだからな」

水の精霊王が、ジトリと火の精霊王を見る。

「必要なことは認めますけど、あなたは溜めすぎです。癇癪があまり溜まっていないうちに、小刻みに発散してくれれば被害が小さくていいものを。何故かこの者は長い時間をかけて溜め込むのですよ」

「うっせぇな、俺ぁそんなに器用じゃねぇんだよ」

水の精霊王の指摘に、火の精霊王が拗《す》ねたように言った。その美しい外見に反して、子供みたいな態度を取る精霊王だ。

水の精霊王が続けて語った。

「火山が爆発すれば、植物や動物、もちろん人間にも、あらゆる生物に多大な被害が及びます」

「それは、わかる」

レイラはその被害の大きさを想像して頷く。下手をすると、フェランの街の向こうまで焼け野原だ。グレッグも想像したのか、顔色を悪くしている。ルーナはというと、レイラにくっついて寝転がっていた。

「癇癪を爆発させた時に速やかに被害を抑えるため、この者を無理矢理眠らせる役として、私はすぐそばに住処をかまえているのですよ」

――大災害にいつでも備えてるってことか。

水の精霊王の話に、レイラはなるほどと納得すると同時に、次の疑問を口にした。

「じゃあ、火の精霊と水の精霊が仲が悪いっていうのは？」

精霊王同士の喧嘩はほんの十数年前の話だが、火と水の精霊の仲の悪さは、精霊術師たちに常識として認識されている。精霊王同士が仲が悪いわけではないのなら、どうして火と水の精霊たちは昔から反目し合っているのだろうか。

この疑問にも、水の精霊王は気負うことなく答えてくれた。

「火と水は性質上、昔から気性が合わないのは確かですが、それゆえ特別に仲が悪いということはありません」

火と水は打ち消し合う存在であるため、行動を共にすることがない。なので仲が悪いというよりも、互いに関心がないと言う方が正しいのだとか。

ところが今回の精霊王同士の喧嘩《けんか》騒ぎで、火の精霊側がこじらせてしまったらしい。

「『私がわざわざ火山に乗り込んで、火の精霊王に文句を言うくらいに憎んでいる』と、一部の火の精霊が言いふらしていると聞きました」

水の精霊王はため息をついた。

「火の精霊王とて、そう頻繁に癇癪《かんしゃく》を起こすわけではありませんから、事実を知っているのは精霊でも古株しかいないんです。なので若い精霊の認識は、人間とそう変わりません」

若い精霊たちは知らないからこそ、人間たちの噂《うわさ》話を真に受けるのだとか。

精霊は純真で影響を受けやすい存在だ。だからこそ付き合い方をよくよく考えなければ、今回のような事件が起こる。特に火の精霊は、火山にいた面々を見ればわかる通り、思い込みやすい性質をしているのだ。

——あ、そうだ。

「グレッグ、あの子猫精霊は？」

レイラは証拠として捕まえた火の精霊の存在を思い出した。

「いるぞ、お前の寝ているベッドの下に」

グレッグに教えられて下を覗くと、火の精霊はルーナの水の紐にぐるぐる巻きにされた状態で、スピスピと寝息を立てていた。

あの時のままの姿だが、ぐるぐる巻きで寝苦しくないのだろうか？

「そいつらが迷惑をかけたらしいな。俺がちゃんと言い聞かせておいたから、もうおかしなことはしねぇだろう」

火の精霊王が子猫を摘み上げるが、まだ起きない。意外と豪胆な精霊である。

「ここの火山で留守を任せていたのも、コイツ同様に比較的若い精霊だった。古い奴には他の国にある火山を任せているからな」

全てを知っている精霊には、重要な場所を守る役目を与えているのだそうだ。そして自分のもとには、若い精霊を置いた。

火の精霊王が健在ならばそれで困らなかっただろう。しかし溜め込んだ癇癪を爆発させ、長い期間眠りについたことが、今回仇《あだ》となった。

——留守を任せた精霊が、人間の言うことを真に受けたのか。

「あいつは俺への依存心が強い奴だった。なので己を導いてくれる存在への欲求が強すぎて、歪《ゆが》んでしまった可能性があるな。俺が少々寝すぎたせいでもあるんだが、いろいろとちゃんと教えていなかったのも原因だ」

火の精霊王が、自身の監督不行き届きを認めた。

——まあ、精霊にも個性があるからね。

あの火の精霊は、人間に感化されやすい性格をしていたのだろう。それに、あの支部長は普段から「火は最高、水は最悪」と吹聴《ふいちょう》していた。その言動を多くの火の精霊にも聞かせていた可能性は大いにある。そこからあの上位精霊に伝わり、彼を歪《ゆが》めてしまったのかもしれない。

――やっぱり帰ったら、支部長を絞めるか。

協会について考えたところで、ふと気になったことがあった。他の街にいる精霊術師たちは、師匠の教え通り、どの属性にも偏《かたよ》らない言動をしているのだろうか。レイラはフェラン支部にいる連中しか、精霊術師を知らない。

レイラの精霊術師像が酷く偏っている可能性もある。一度他の精霊術師と交流してみなければならないだろう。

「そう！　あの火の奴ら馬鹿だった！」

ベッドの上でゴロゴロしながらレイラたちの話を聞いていたルーナが、プンプンと怒る。その様子を見て、レイラはもう一つ疑問があったことを思い出した。

「このルーナは、なに？」

レイラは男の子の姿をしたルーナを指で突《つつ》きつつ、水の精霊王に尋ねた。水の精霊王は、レイラの言葉足らずな疑問を正確に察してくれたようだ。

「その者が急に人の姿をとったので、驚いたことでしょう。上位の精霊が人前に姿を現すことは稀《まれ》ですから」

「じゃあルーナは、やっぱり上位の精霊？」

説明を聞いて不思議そうな顔でルーナを見るレイラに、水の精霊王は微笑《ほほえ》む。

「そうですね。その者は、私があなたに助けられた際、感謝した心から生まれた精霊です。だから私の分身とはいえ、見た目通りまだ年若いのですよ」

いろいろと驚きの事実があった。まず、ルーナが生まれたのはレイラのせいだということ。そして水の精霊王の分身だということ。

——っていうか、そんなんで生まれるとか、気軽に生まれすぎだ精霊！

内心でツッコミを入れているレイラに、水の精霊王は困ったように言った。

「あなたを思う心が生まれたきっかけだっただけに、その者は生まれてすぐの頃からあなたに会いたがったのです。ですが、いきなり人の姿をした精霊が会いに行っても、混乱を招くことになります」

「……そうですね」

水の精霊王自身が言った通り、上位の精霊が人前に姿を現すことは稀だ。そんな存在がずっとべったりと張り付いていたら、レイラの生活は変わっていたことだろう。

——いい方向に変わるならいいけど、悪い方向に変わる可能性もあるよね。

人間とは、特別な力を持つものを妬《ねた》む生き物だ。レイラが精霊を連れていることも、支部長から疎《うと》まれる原因の一つであるのだから。それも上級精霊だと知られたらどうなることか。

精霊に気に入られることは、協会での出世に影響すると聞く。事実、前の支部長は火の精霊を連れていたし、師匠も一緒に行動する精霊がいた。

それなのに現支部長であるはずの自身が精霊を連れていないことは、彼の劣等感をビンビンに刺激したに違いない。

遠い目をするレイラに、水の精霊王はニコリと笑った。

「なので混乱を避けるため、蛇の姿のままでいることを条件に、あなたに会いに行くことを認めたのです」

水の精霊王の配慮に、レイラとしても素直に感謝したい。

「ですが本当に困った時にだけ、私を呼ぶことができる力を授けていました。今回はそれが役立ちましたね」

「……なるほど」

あの時、外に放ったルーナが助けを呼んでくれたらしい。

「ありがとう、ルーナ」

レイラが白い髪を撫《な》でると、ルーナは気持ちよさそうに目を細めた。その様子を、水の精霊王が笑顔で見つめている。

「このような騒ぎになってしまいましたが、レイラと会えたことだけは良いことですね。剣士が私の住む湖にあなたを連れて来るまで、待たずに済みましたから」

「……は？」

――グレッグが、私を湖に連れてくる……？

水の精霊王の語った話に、レイラは眉をひそめる。

「あー……、その話な」

グレッグが「しまった」という顔をして、ガシガシと頭を掻く。

「私を連れてきたの、依頼のためじゃないの？」

ようやく精霊術師としての自信を取り戻してきたばかりだというのに。グレッグがレイラに声をかけたのは、精霊術師としての力を当てにしての話ではなかったのだろうか。

——だとすると、すっごいへこむ……。

レイラが肩を落とし、重い息を吐くと、グレッグが慌てて言った。

「違う、いや、違うんじゃなくてその通りだぞ!?　お前の精霊術師としての力が必要だったのは本当だ！　それに加えて、ちょっと頼まれごとをしていただけだって！」

グレッグは早口で説明を続ける。

「依頼でドラート国へ行くにあたって、水の精霊術師を探していた俺に、レイラの存在を明かしたのは水の精霊王様だ！」

グレッグが語った内容によると、レイラと知り合ったのは偶然ではないという。

レティス国の王からの依頼に関して調べている内に、火山に行くには水の精霊術師を連れていく必要があることがわかった。

ドラート国では水の精霊術師が捕まる保証はない、とレティス国の協会で言われたグレッグは、当初、レティス国で水の精霊術師を雇うつもりだった。

これに横やりを入れてきたのが、水の精霊王だ。宿で休んでいたグレッグの前に突然現れたかと思うと、こう言ったのだとか。

『ドラート国に向かうというあなたに、私からもお願いしたいことがあります。これは今あなたに必要な、水の精霊術師に関することでもありまして』

そう前置きをして、水の精霊王は頼んできたのだ。

『どうしても会いたい人間がドラート国にいるので、私のもとまで連れてきて欲しいのです。その人物は逆境にあるとのことなので、恩返しを考えていまして』

その人物はドラート国の火山の近くの街で精霊術師をしている娘で、水の精霊を連れているという。

「ついでだし、まあいいかと思ってな。引き受けることにした」

グレッグはフェランの街までの旅の間、水の精霊王が会いたいというのは、どんな人間かと想像していた。水の精霊王が会いたがるくらいだから、すごい大物に違いないとも思っていたのだとか。

だが、実際に会ってみると、いろいろな意味で想像を超えた人物だった。

「出てきたのが貧相なガキだったんで、驚いたのなんのって」

——まあ、そう思うかもね。

グレッグの正直すぎる感想に、レイラは納得する。

水の精霊王のご指名ということで、期待値は最大限まで振り切れていたに違いない。そこにのこのことレイラが現れ、幻想が砕けただろう。だからグレッグは初対面で、あんなに驚いていたのだ。

旅の相棒となったレイラは、体力はないし、なにを考えているのかわかり辛いしで、最初はなんて付き合い難い奴かと呆れたらしい。

しかしレイラなりに、旅の邪魔にならないように一生懸命だった。それを見て、グレッグは態度を改めたそうだ。

「頑張っている人間を邪険にするほど、俺も落ちぶれていないつもりだ。それに連れていたのがレイラでなかったら、俺はどうなってたか……」

グレッグのセリフの後半にはレイラも頷く。

もしもあの支部長が勧めた女精霊術師を連れていたら、水の補給もままならなかったはずだ。その上、精霊術師嫌いの村で邪険にあしらわれ、最悪な状態で火山に挑まなければならない可能性もあった。

グレッグは火山で、竜を見る前にとっくに死んでいただろう。

「レティス国の王の依頼の手助けにも丁度いい相手だったし、レイラはこの旅の良き相棒というわけだ」

グレッグがそう言ってレイラの頭をぐしゃぐしゃ撫《な》でると、それを見た水の精霊王は優しく微笑《ほほえ》んだ。

それにしても、多くの情報を頭に入れたため、レイラは知恵熱が出そうだった。

――うーん、いろいろと一度に知りすぎて、頭が痛くなりそう……

そんなレイラの状態を察したのか、火の精霊王が水の精霊王に声をかけた。

「おい、長居しすぎだ。そろそろ行くぞ」

火の精霊王はそう言って、摘み上げていた子猫をベッドに向かって放る。ポスンとベッドに落ちても、子猫はまだ寝ていた。

「話は尽きないのですが、仕方ありませんね」

水の精霊王はそう言いながら、名残《なごり》惜し気にレイラから離れた。

「レイラ、あなたにはぜひ私の住処を訪れて欲しいと思っています。改めて礼をしたいのです」

「いや、礼とかは……」

水の精霊王を結果的に助けたのは事実だが、きっかけがアレだっただけに、レイラとしては礼をしたいと言われても素直に頷けない。

――水の精霊王への助けが遅かったら、どうなっていたか……

微妙な顔をするレイラの横から、グレッグが口を挟んだ。

「いいじゃねぇか。お前、今回の件であの街に居辛くなるだろ？　だったら住処を変えてみるのも手だぜ」

グレッグがいらないことを言ったせいで、水の精霊王の目がきらりと光った。

「そうですか！　住処を変える際にはぜひ一報ください、歓待しますから。必ず知らせるよう、頼みますよルーナ」

「はぁい！」

水の精霊王に言われて、ルーナが笑顔で手を上げる。

「もう行くぞ」

そう告げた火の精霊王の姿が火に変わったかと思うと、一瞬で消えた。

「では、またお会いしましょう」

水の精霊王も、続いて水に変わって消えた。

こうして、二人の精霊王は帰っていった。

――え、私、本当に引っ越すの？

仮定の話ながら追い込まれているように感じて、レイラは顔を引きつらせる。

室内が静かになったところで、レイラはそもそもの疑問をグレッグに投げかけた。

「ところで、ここどこ？」

「麓《ふもと》の村の、村長の家だ。お前は気を失ってから、丸一日寝てたんだぞ」

グレッグの話に、レイラは驚く。

――え、私ってそんなに寝てたの⁉

奥の手を使って無理をした反動と、火山に登って疲れていたのが重なったのかもしれない。

この家は、協会の連中が宿代わりにしていたのだそうだ。そう聞いたレイラは、あからさまに不満そうな顔をしてみせた。

「その協会の連中は？」

「あいつらと鉢合わせなんて絶対嫌だ」と顔に書いているレイラに、グレッグが小さく笑う。

「連中は二人の精霊王の姿を見たら、慌てて出て行ったぞ」

それはまさしく、尻尾を巻いて逃げ出すという表現がぴったりな逃げっぷりだったそうだ。

――普通、精霊術師なら、精霊王の姿をありがたがりそうなものだけどね。

恐らく連中は、自分たちの悪事が見透かされるのが怖かったのだ。まったく、どこまでダメな連中だろうかと呆れてしまうが、とりあえず聞きたいことは一通り聞けた。

「……」

「……あー、疲れてるだろ？　出立は明日の朝だから、今日は休め」

無言になったレイラに気を使ってか、グレッグは部屋から出ようとする。

「ちょっと待って」

しかし、それをレイラは引き留めた。

「どうした？」

足を止めたグレッグが、真っすぐにレイラを見る。

——どうしよう……

引き留めたはいいものの妙に緊張してしまい、レイラは再び無言になって視線を布団に落とした。

レイラには、グレッグに言わなければならないことがある。しかし今までの人生で、口にする回数が極端に少なかった言葉なので、面と向かって言うのは気恥ずかしい。

ちらりとグレッグを見上げると、彼は黙ったままの自分をじっと見ている。

——ええい、女は度胸！

「あ、のね」

勢い込んだレイラが口を開くも、声が掠《かす》れて妙な汗が全身から噴き出る。

「なんだ？」

普通の調子で返すグレッグと視線を合わせたレイラは、再び己を鼓舞《こぶ》して言葉を紡ぐ。

「あのね、あの時。助けに来てくれて、ありがとう」

レイラの言葉に、グレッグが息を呑んだ。

「誰かに助けられるとか、されたことがあんまりないから。すごく、嬉しかった」

本当ならば、あの場では逃げなければ共倒れだった。生き残るためを思えば、グレッグの行動は間違っている。けれど、本当に本当に、嬉しかったのだ。

——言えたよ！

ちゃんとお礼ができたことが嬉しくて、レイラは思わず表情を緩《ゆる》める。

「……そうかよ」

短く答えたグレッグの耳が赤かったことに、レイラは気付いていなかった。

そんな話をしていると、部屋のドアがノックされる。グレッグが返事をしたところ、老婦人が中に入ってきた。

「精霊術師様がお目覚めだと聞きましたので、お食事をと思いまして」

そう言う老婦人が差し出したトレイに載っていたのは、パンとスープだった。その美味《おい》しそうな匂いを嗅《か》いだとたんに、レイラの腹から空腹の合図が響いた。

——そういえば、お腹空《す》いた！

お腹を鳴らしたレイラに、老婦人はコロコロと笑った。

「まあ、元気そうでなによりだわ」

グレッグの説明によると、老婦人は村長の奥さんだそうだ。

「あなた方二人が火山の異変を収めたのだと、精霊王様に伺いました。それに井戸の水を取り戻してくれたあなたのおかげで、村の者はみな普通の生活が送れています。どうもありがとう」

老婦人は深々と頭を下げた。

「えっと……」

とっさになにも答えられないレイラに、老婦人が微笑《ほほえ》んだ。

「いくらあの精霊術師たちに嫌気がしていたといえ、お二人が火山に入る際、休む場すらも用意できなかった私たちが恥ずかしいわ」

老婦人がそう言って目を伏せる。

――あいつら、ずいぶんな態度だったもんね。

村人たちはレイラのことをあの連中の仲間かもしれないと思ったのだろうし、自分に対して好意的になれなかったことを責めるつもりはない。逆の立場ならば、レイラだって関わり合いになるのを避けただろう。

「こうして、今休ませてもらっているから、それでいい」

そう告げたレイラに、老婦人はもう一度頭を下げて、部屋を出た。

「お前が起きたら礼をしたいと、ずっと言っていたんだ」

「……そう」

レイラは誰かに感謝をされるということに慣れていない。でも、罵倒《ばとう》されるよりもずっといい気分だ。今までの人生で感じたことのない気持ちに、レイラはご機嫌になった。

食事をしてお腹が膨れたレイラは、そもそも火山に登った目的について聞いていなかったことを思い出した。

「ねえ、肝心の卵は？」

あれほどの大騒動を起こして、肝心の卵を忘れたとあっては目も当てられない。そう思っていたら、グレッグがニヤリと笑った。

「ちゃんとあるぞ」

グレッグはそう言って、隣の自分の部屋から卵を持ってきた。

「火山の竜がいなくなっちまったが、幸い卵が複数あったからな。一つなら持っていっていいと火の精霊王様が許可をくれた」

かつての火山には他にも竜がいたそうだが、火の精霊王がいなくなってからしばらくすると、不穏な空気を察して他の火山へ引っ越したらしい。卵を産むために動けなかった竜が、歪《ゆが》んだ精霊の犠牲《ぎせい》になったということだろうか。

――だとしたらあの竜、ちょっとかわいそうだったかも。

親竜がいなくなってしまった卵は、火の精霊たちで孵《かえ》して育てるそうだ。不幸な親竜の分まで、卵の中の竜には元気に育って欲しいものである。

火の精霊王からはついでに、竜の卵を人間が摂取する際の注意点なども教えてもらえたそうだ。いろいろ苦労したし死ぬかと思ったけど、結果良ければ全て良しと言えよう。竜の卵についての助言まで貰えたのだから、グレッグの依頼は満点の結末なのではなかろうか。

――よぅし、依頼達成だ！

しかし、これで終わりではない。レイラにはフェランの街に戻り、支部長をぎゅっと絞めるという最後の仕上げが待っている。そしてその前に、フェランまで頑張って歩いて帰るという難事もあるのだ。

――また、同じ苦労をして帰るのかぁ。

帰りの道のりを思ってげんなりしているレイラに、グレッグが良い知らせをくれた。

「慌てたおかげか、協会の連中の大トカゲが一匹残ってる。帰りはそれを使えるぞ」

「おお……！」

これを聞いて、レイラはぱあっと表情を輝かせる。あの面倒臭かった協会の連中も、最後にいいことをしたものだ。

――待ってなさいよ、支部長め！

とたんに元気を取り戻したレイラは、拳《こぶし》を握って気分を燃え上がらせるのだった。

翌朝。レイラたちはフェランの街を目指して、火山の麓《ふもと》の村を旅立つこととなった。

帰りの足となる大トカゲには、生憎《あいにく》レイラは乗ったことがない。一匹だけなこともあり、グレッグと二人乗りになった。さすがに三人乗りはキツイので、ルーナに蛇の姿になるように言う。

「えぇー……」

これにルーナが不満を漏《も》らす。せっかく人の姿になったのに、蛇に戻るのが不満なのだ。そんなルーナに、レイラはフェランの街についたらお酒を飲ませてあげると約束した。

「きっとだからね！」

お酒の約束はこれで二度目だ。期待に満ちた笑みを浮かべ、ルーナは蛇の姿になってレイラの腕に巻き付いた。

旅立ちの準備ができたレイラたちを、村人たちが見送りに来ている。

「剣士様バンザイ！」

「精霊術師様バンザイ！」

「精霊様バンザイ！」

このような声に送られて、レイラたちは村を後にする。

——なんか、ああまで盛大にされるとムズムズするっていうか。

レイラには、裏があるのではないかと思えてしまうのだ。

素直に喜べないレイラに、グレッグが呆れている。

「あいつらはお前に恩を感じてるんだから、堂々と手でも振ってればいいんだよ」

高名な剣士であるグレッグは、ああいう態度にも慣れているようだ。特に違和感なく、手を振って別れを告げていた。

——なにこれ、私が卑屈なの？

こうしてレイラ一人が渋面をして、麓の村を発《た》った。

途中の村には昼頃到着し、そこで昼食となる。そこでも村人総出で歓迎された。レイラたちは村長に食事の招待を受けてから、再び大トカゲに乗って出発する。

そうして夕刻前には、フェランの街が見えてきた。あんなに苦労して歩いた道のりなのに、たった一日で着いたのだ。大トカゲが優秀なのか、はたまたレイラがダメダメなのか、判断がつけにくいところだ。

ただ問題点をあげるならば、レイラが乗り物酔いをしてしまったことだろうか。

フェランの街の門が見えてくると、レイラたちは異変に気が付いた。

「門番がいねぇぞ」

グレッグがそう指摘した。レイラも探してみるが、確かに見当たらない。出立の時もいなかった記憶があるが、門番たちにはサボり癖でもあるのだろうか。首を傾げるレイラのもとに、大勢の人が騒ぐ声が風に乗って聞こえてきた。

――なんだろう？

その疑問は、街の方へ視線を向けてすぐに解決した。

フェランの街の中心部から、大きな黒煙が上がっている。

「……火事？」

「そのようだな」

レイラたちは言葉を交わしながら大トカゲから降りると、勝手に門を通る。

「なんか、火の奴らがいっぱいいるよ」

人の姿に戻ったルーナが、遠くを見据《みす》えてそう告げた。

ずいぶん派手に燃えているようで、通りすがる住人もレイラたちには目もくれず、ざわざわと騒いでいる。

「……協会が……」

「……まだ消火できないのか……」

すれ違う人たちから、そんな会話が聞こえた。

――え、燃えてるのって協会なの？

新たな情報に、レイラは戸惑う。

「どうするよ？」

「うーん……」

グレッグに尋ねられて、レイラは唸《うな》る。面倒臭いことになる気がすると尻込みしていたら、グレッグが隣から頭を押さえてきた。

「無視ってわけにもいかねぇだろうよ」

「……仕方ない、行ってみる」

グレッグに促《うなが》され、レイラは渋々頷く。どのみち依頼達成の報告が必要になることだし、とにかく協会の様子を見に行くことにした。

大トカゲを引きながら野次馬をかき分けて進んでいくと、協会の建物が派手に燃えているのが見えた。

――うわぁ……

レイラが目を凝《こ》らして燃え盛る火を見ると、中にいくつか子猫姿の火の精霊がいた。

『燃えろ！』

『僕らを騙《だま》した罰だ！』

子猫たちは口々にそう叫んでいる。目を覚ました火の精霊王から叱られて、口車に乗せられていたことに気付いたのだろう。

真実を知り、自分たちが過《あやま》ちを犯したと気付いた火の精霊たちは、それを吹き込んだ人間に仕返しをしに来たというわけか。

――協会の連中、自業自得じゃん。

この事態に至った経緯を考えると、レイラとしては呆れるばかりである。

燃え盛る協会の前は、消火する者と野次馬とが交じり合い大混乱だ。だが幸いなことに、建物の中に残っている者はいないらしい。腐っても精霊術師だ、火の気配くらいは察したのだろう。

こうして呑気《のんき》に観察しているレイラをよそに、周囲の騒ぎは増していく。懸命の消火活動も、あまり効果が出ていないように思えた。

「もっと水をよこせ！」

「ダメだ、井戸の水が足りない！」

「それはうちの水よ、なにするのさ！」

「第一精霊の火が、簡単に消えるわけないだろう！」

そんな声が飛び交っている。

現場に来てみたものの、どうするかとレイラが考えていると、近くから、知った声がかけられた。

「おぅい、レイラ」

レイラが声がした方を振り向くと——

「あ……」

野次馬の中に、薬屋の店主の姿があった。レイラは店主の近くまで行き、一向に火の勢いが衰《おとろ》える様子のない協会を見て尋ねた。

「これ、どういう状況？」

「まぁ、どこから話せばいいものかね」

店主が頭を掻きながら教えてくれた話によると、レイラがフェランの街を出てすぐに、井戸の水量が目に見えて減ったそうだ。

住人たちはすぐに毎日の炊事洗濯に困るようになり、街は混乱に陥《おちい》る。水が満足に使えないおかげで、毎日街のどこかで喧嘩《けんか》が起きるようになり、治安が一気に悪化した。

水をなんとかしてほしいと住人が協会に願っても、のらりくらりと言い訳をされるばかりでなにもしてくれず、事態は一向に解決しない。住人の協会への悪感情は急激に高まっていったらしい。

井戸の水量が減った原因に、レイラはすぐにピンときた。

——井戸を管理していたルーナが、いなくなったからか。

ルーナがいなくなったことで、状況が他の地域と変わらなくなったのだ。最初に訪れた村でも、水の使い方に敏感になっていた。小さな村でもああなるのだから、あれより大きなフェランの街は、大変な騒ぎになっただろう。

そして恐らく、支部長はこうなることがわかっていたので、レイラを飼い殺すために依頼をさせず、街に縛り付けていたのだ。

原因がわかってたのだから、本来ならば支部長が火の精霊に頼めばいい話である。しかし、さんざん火の精霊を煽《あお》っておきながら、今更手のひらを返してなんとかしてくれとは頼み辛いはずだ。

そんな勝手を言ったら、さすがに火の精霊だって怒る。

自らのこれまでの行いと住人からの突き上げに挟まれ、協会の連中はさぞかし困ったに違いない。

——あの女精霊術師が旅立った後の話かな？

グレッグに言い寄っていた彼女は、水浴び用の水を大量に持ち出していたと推測される。この行動が、もし水騒動の渦中《かちゅう》でのことならば、住人から相当反感を買っていたのではなかろうか。

そんな風に住人が神経を尖らせている中で、今回の協会の火事である。

「火の精霊が協会を燃やしたのを、多くの人が目撃してるんだよ」

「なるほど」

店主の言葉に、レイラも人の多さの理由を理解した。ただ事ではないと悟った住人が、大量の野次馬と化しているわけだ。

——確かに、火の精霊が火を煽っているうちは、絶対消えないね。

助ける気がすっかり失せたレイラは、他人事のように火事を見ている。

レイラについてきたグレッグが、ちらりとこちらを見た。

「お前の精霊なら、あの火を消せるのか？」

すると、レイラの腰にくっついたままのルーナが、嫌そうな顔をする。

「消せるけどさぁ、レイラをいじめてた奴らを助けるの？」

グレッグの疑問に、ルーナは不満たらたらな様子で返す。レイラとしても、積極的に助けてやろうという気にはならない。

——私だって、そこまで善人じゃないし。

旅で出会った村人たちは、自分たちの力の及ばないところで困っていた。だが協会の連中は、自分たちの行いが返ってきただけである。とはいえ、これ以上被害が広がるのもよくない。

レイラたちが火事を消してやるかどうかでひそひそ揉《も》めていると、横から店主が口を挟んだ。

「レイラ、このままだと他の建物に引火して、関係ない住民が被害に遭《あ》うぞ」

「むぅ……」

レイラはしばし悩む。住人は悪くないし、火事のせいで路頭に迷うことになればかわいそうだ。第一このまま放っておくと、火事のせいで暑くて仕方がない。

——しょうがないなぁ、もう！

「ルーナ、あの火を消してくれる？」

「えー？」

レイラの頼みに、ルーナはなおも不満そうな顔をした。

「ルーナ、お願い」

レイラが重ねて頼むと、ルーナがぷうっと頬を膨らませる。

「もう、あいつらじゃなくて、レイラのためだからね！」

ルーナはそう叫ぶと、ダン！　と足で地面を蹴った。するとその瞬間、街中の井戸から水柱が上がる。

「きゃぁ！」

「なんだ、水が⁉」

水が集まり、協会へ向かって降り注ぐ。大量の水に押し潰されるようにして、火は消えた。

火事と水圧のせいで無残に崩れ落ちた協会跡には、小さな虹がかかっている。

「ん、ご苦労様」

レイラはルーナの頭を撫《な》でた。

「ふん、アイツらよりも僕の方が強いもんね！」

ルーナがレイラにくっついたまま胸を張った。

「仕事がはえぇな」

瞬時に消えた火に、グレッグが口笛を鳴らす。

「あの水はなんなの⁉」

あっという間に消えた火に野次馬たちが騒ぎ出した時、誰かが人垣からよろよろと這《は》い出てきた。

「きさま……」

その人物はレイラの姿を見つけると、足をもつれさせながら駆けてくる。その異様さに、野次馬たちが道をあける。

そうしてレイラの目の前に立ったのは支部長だった。

――出たよ、諸悪の根源。

レイラは無言で支部長を見やる。

「……レイラ、きさまのせいだ！」

そう叫んだ支部長の上着はあちらこちらが燃えて、全身煤《すす》だらけの無残な姿になっている。

「きさまさえ私に従っていれば、このようなことにはならなかった!!」

火事の責任がレイラにあるような言い方に、野次馬が一斉にレイラを見た。

「どういうこと？」

「あの異国人が……」

群衆が自分の言葉を信じる様子に、支部長は口元を歪《ゆが》める。

――この期《ご》に及んで、責任逃れか……

わざとこんな言い方をしてレイラを悪者にすることで、支部長自身は住人の吊し上げから逃げようとしている。レイラにはそんな安易な作戦に乗ってやる義理はない。

レイラはジトリと支部長を睨《にら》む。

「それって私に、近隣の村の水不足に加担してろって意味？」

大きな声を出して反論したレイラに、レイラを犯人だと断定しかけていた野次馬たちは勢いをなくす。再び雲行きが怪しくなったのを感じた支部長は、低く唸《うな》る。

「落ちこぼれのくせに、なんだその言い方は！」

この支部長の暴言に反論したのはグレッグだった。

「なんだはこっちが言いたいぜ。レイラは火事を消してやったんだぞ？　感謝こそされても、文句を言われる筋合いはないだろう」

「悪者はそっちだよね！」

ルーナもレイラにくっついたままぷりぷり怒る。

レイラたちが言い合いをしている内に、周囲の人間がひそひそとささやく。

「グレッグ様が……」

「じゃあ、あの異国人は無実？」

「協会はどうなっているんだ」

まだ支部長を信じているらしき発言をする者もいるが、グレッグの存在が話の流れを変えていく。

グレッグを持ち上げる声を聞いて、支部長は顔を赤らめる。

「異国人が、事情も知らぬくせに黙っていろ！」

唾《つば》を飛ばさんばかりの支部長を見て、グレッグは目を細めた。

「事情ならよく知ってるさ。アンタらがドラート国中で起きている水不足の原因だという事情をな」

「なっ……！」

グレッグにズバリと言われ、支部長は言葉に詰まる。

「ここはレイラの連れている水の精霊の恩恵を受けて、水不足とは無縁の街だった。水が少なくて苦労しているよその土地からやって来たアンタには、フェランの街が金のなる木に見えただろうな」

「なにを、言いがかりを……」

支部長は言い返そうとするが、とっさに言葉が出ないでいる。

「言いがかりかどうかは、ちゃんと調べればわかることだ。王都の役人あたりに調べてもらおうぜ」

野次馬たちの前で堂々と言い放ったグレッグに続いて、レイラも支部長に語りかける。

「火山方面にある村の井戸は、ルーナが水を出した。だからこれからはもう水は売れない」

レイラがルーナの頭を撫《な》でながらそう言うと、ルーナは支部長に向けて思いっきり舌を出して見せる。

「水を売る？」

「どういうことだ」

自分に非難の視線が集中し始めたことに、支部長は全身を震わせた。

「きさまら……、きさまらのせいで……」

支部長は低い声で呻いたかと思えば、カッと目を見開いた。

「きさまが、きさまが火の精霊を歪《ゆが》め、協会を襲《おそ》わせたのだろう、そうに違いない！　落ちこぼれどころか、失格術師め！　街の異変も全て、きさまのせいだ！」

そう喚《わめ》き散らす支部長の後ろには、煤《すす》だらけの協会の連中がいる。

「お前たち、こいつを捕らえろ！」

支部長が後ろにいる彼らに命令するが、みんな尻込みするように後ろへ下がった。事がここに至ってようやく、支部長へ加担したことの罪深さに気付いたのだろうか。

――でも、今更だよね。

レイラは無言で支部長の後ろの連中を眺める。

「ええい、どいつもこいつも！」

支部長が地団駄《じだんだ》を踏み、手を振り上げた。

「《火の鞭《むち》》！」

支部長の手から、レイラに向けて火が鞭のように伸びる。これだけ火の精霊が派手に騒いでいれば、火の力が活発になり、火の精霊術は使いやすいに違いない。

「きゃあ！」

「うわっ！」

支部長の精霊術に、周囲の野次馬は悲鳴を上げて逃げ出そうとする。しかし、いかんせん人が集まり過ぎており、あたりはパニック状態だ。

「《水の衣》」

レイラがすぐさま水の膜を張ると、火は水の膜に当たって消えた。竜や上位精霊の火ならばともかく、精霊術師が操る程度の火ならば、水の精霊術の守りを越えることは難しい。これは精霊術の常識だ。

「精霊術の勉強、やり直す？」

レイラは呆れた視線を支部長に向けた。

「くそぅ、くそう！」

支部長がギリギリと歯ぎしりをする。

「もう大人しくしてようぜ」

いつの間にか支部長の後ろに回っていたグレッグが、支部長の腕を捻り上げて地面に引き倒した。

「ルーナ」

「はぁい！」

レイラの呼びかけにルーナが手を振り上げると、支部長に水の紐がぐるりと巻き付く。

「きさまら、ゆるさんぞ!!」

支部長が叫んだ時、どこからか赤い猫が飛び出してきて、地面に転がる支部長の上に乗った。

その姿を見て、レイラは呟く。

「火の精霊……」

それも、協会を派手に燃やしていたのとは違う火の精霊だ。その目には怒りではなくて理性が宿っている。

『まあレイラったら酷い顔して、拾い食いでもしたのかしら』

支部長の上に乗っている猫がそんなことを言った。

それは、レイラにとっては聞き覚えのある口調だった。師匠と暮らしていた時、よくお姉さんぶって世話を焼いてきた、師匠が連れている火の精霊のものだ。

それにしても、酷い顔というのは、大トカゲで乗り物酔いをしたせいだろうか。レイラが自分の顔をペタペタと触っていると、背後から怒鳴り声が飛んできた。

「いい加減にせんか、みっともない！」

「誰だ!?」

ギョロリと顔だけで周囲を見回す支部長の前に、一人の人物が進み出た。

支部長と同じ年頃のドラート人だが、その割に厳《いか》つい体格をしている。赤毛がはね放題の髪はもじゃもじゃで、優しそうな目をした男だった。

「おまえは……」

支部長は、その人物を見ると顔を強張らせる。

一方、レイラはぱあっと表情を明るくした。

「師匠！」

現れたのはレイラの師匠だった。

「おう、久しぶりじゃな、我が弟子よ」

師匠はレイラを見ると、カラリと笑う。

「どうして、師匠がここに？」

「本部の連中から頼まれてな、大トカゲをとばして来たのだ」

そう言う師匠の周囲に、連れらしき人物は見当たらない。どうやら王都から一人で来たらしい。

——師匠、相変わらず元気だね。

大トカゲに酔ってしまったレイラとは大違いだ。

「本部から、だと……」

顔色を悪くする支部長を、師匠がジロリと睨《にら》む。

その頃になると、火事の現場に兵士が集まってきた。

「ご苦労様です！」

兵士たちは師匠に頭を下げると現場に集まった野次馬を取り締まり、呆然としている協会の連中を拘束《こうそく》し始めた。

「わ、私は協会の精霊術師だぞ⁉」

「なんの権限があってこんなことを……！」

協会の連中は逃れようとするが、兵士たちはそれを難なく捕らえていく。

「協会の名を出しても無駄だ、街の長とは本部の名で話をつけてある」

どうやら師匠は、先に街の長を訪ねてきたようだ。往生際の悪かった連中も、師匠の言葉に肩を落として大人しくなる。

「さて、詳しい話を聞かせてもらうぞ」

「ぐうぅ……」

師匠が告げると、支部長は小さく呻《うめ》いた。

衆目を集めながら話をするのは良くないということで、師匠が泊まっている宿へ場所を移して話をすることとなった。

師匠が座っている前に、支部長が水の紐でぐるぐる巻きのまま転がされる。その支部長がおかしなことをしないよう、師匠の精霊が見張っていた。レイラとルーナ、ついでにグレッグは部屋の隅《すみ》で待機だ。

「レイラから水の精霊を介して、王都の協会本部へ知らせが入った」

「……くそぅ」

師匠の言葉を聞いた支部長が、レイラを見て憎々しそうな声を出す。

実は、レイラは火山で異変の正体に気付いた時、ルーナを介して本部に連絡を入れてもらっていた。そう、レイラはいつでも外部と連絡が取れるのだ。ルーナに頼んで大地に流れる水を使い、伝言を届けてもらえばいい。

――この手段があったから、支部長は私に真実を知られないようにしたんだろうね。

手紙ならば強引に押収されてしまう可能性があるが、精霊の伝言では邪魔できない。

「以前から本部にも、フェラン方面の異変は聞こえていた。その調査をフェラン支部に命じていたはず」

視線を落とす支部長に、師匠が静かに告げた。

「……異変など見つからないと、何度も返答しましたが」

「その言い訳を聞き飽きたからこそ、今、儂《わし》がここにいるのだろうが！」

この期に及んで言い訳をする支部長を、師匠は怒鳴りつけた。

――調査しろって何度も言われてたのか。

それをずっと突っぱねていた支部長は、豪胆なのか馬鹿なのか。たぶん後者だろうなとレイラは思った。

「レイラが連れている水の精霊のおかげで、フェランの街は水が潤沢《じゅんたく》にあった。それを利用して、周辺地域へ水を売っていたそうだな？　しかもわざと水不足を助長させるような真似《まね》をして」

師匠に指摘され、支部長は顔を真っ赤にしてレイラを睨《にら》んだ。

「そんなもの、どうせその落ちこぼれが私を陥《おとしい》れようとして嘘をついたに決まっている！　嘘八百で本部を騙《だま》そうとしているのだ！」

支部長は自分が不利なことをわかっていても、まだ知らぬ存ぜぬで押し通せると考えているらしい。レイラ一人の話で罪を問えるはずがない、と開き直っている風でもあった。

そんな支部長に、師匠はやれやれと言わんばかりに肩を竦めた。

「レイラの報告だけで判断したのではない。フェランの街の住人にも、協会がおかしなことをしていると思っている者はそれなりにいたぞ」

「それも、こいつの陰謀だ！」

支部長はあくまでレイラを悪者にしようとする。

ここでレイラも口を挟んだ。

「こっちも証言はちゃんと取れてる」

レイラは火山で捕まえてきた火の精霊を、グレッグの荷物から引っ張り出した。

『うーん、なんだよぅ』

火の精霊は荷物の中で寝ていたようで、『ふあぁ』と大きく欠伸《あくび》をした。あの火事騒ぎの中でも寝ていたらしいこの子猫、将来大物になるかもしれない。

「なんじゃそれは？」

場にそぐわない呑気《のんき》な子猫を見て、師匠が目を丸くしている。

「火山で捕まえた精霊」

端的に答えたレイラは、子猫に尋ねた。

「教えて、あなたたちが水の精霊にイジワルしていたのはどうして？」

レイラの質問に、子猫は「なに言ってるんだこいつ」と言わんばかりの顔をした。

『前にも言ったじゃんか。水の奴らが自然を狂わせているって、そのせいで人間はみんな迷惑してるって、俺らの声が聞こえる人間が言ったんだよ！』

「その精霊は、どうせレイラが仕込んでいるのだろう！」

とっさに言い返した支部長に、レイラは呆れ返る。

――犬猫じゃあるまいし。

動物に芸を仕込むように、精霊相手に強制できるはずがない。そんなことをすれば、手痛いしっぺ返しがある。

たとえば、このように言って欲しいと頼んだら、精霊は「お前がこう言えと頼んだんだ」と素直に語ってしまう。どこまでも素直なのが精霊の性質なのだ。

師匠も、支部長の言い分のあまりの馬鹿らしさに、付き合いきれないと言いたげだ。

「先日、本部に火の精霊王様自らが現れ、配下の精霊の落ち度を謝罪されたのだ。人間の虚言を信じたようだ、とな」

師匠は穏便な説得を諦めたのか、とうとう切り札を出した。

「なんだと!?」

火の精霊王の名前が出ると、支部長は顔色を変えて全身を震わせた。

「その虚言のせいで精霊が歪《ゆが》み、火山に魔物がはびこったことを、火の精霊王が証言している」

「……そんな」

ヘナヘナと力を失くした支部長を見て、レイラは首を傾げる。

麓《ふもと》の村にいた精霊術師たちは、二人の精霊王の姿を見て即座に逃げ出したと聞いている。大トカゲを使って逃げたのだから、とっくにフェランの街に戻っていると思っていた。

なのに支部長は火の精霊王が起きたことを、今初めて聞いた様子である。

——あいつら、ここに戻ってない？

もしかすると連中は、自分たちの行いが恐ろしくなって、フェランの街へ帰らずに逃げたのだろうか。それは大いにありうることだ。

自分たちも加担していたと知れれば、叱責ではすまない。それ以前に、今回の火事同様、火の精霊からの復讐があるだろう。

――そのことに今更気付くっていうのも、馬鹿だよね。

へたり込んだままの支部長を、師匠が厳しく睨《にら》み据《す》えた。

「お前に嫌疑がかけられているのは、己の役目を果たさずに金儲《もう》けに走った罪、街の者への強権乱用の罪」

協会はあくまで精霊術師と住人との仲立ちをする場所だ。それが兵士の仕事に口を出したり、情報規制を施《ほどこ》したりするなど、与えられた権限を越えている。

レイラの想像通り、支部長は金ずくで街の長を自分の命令に従わせていたらしい。水を売った金の一部を街の長にも握らせていたのだとか。要は、街の長も共犯者だったというわけだ。街の長にも、王都から出頭命令が下されたという。

「そして、精霊の存在を歪《ゆが》めた罪――これはなによりも重いと知れ！」

火山に集う火の精霊を歪めたのは、フェラン支部の精霊術師たちだと断じ、師匠は言葉を続ける。

「純粋な存在である精霊を尊《たっと》び見守るべき精霊術師が、己の私欲を精霊に吹き込み歪めるなど、言語道断だ！」

「……」

支部長は、もはや言葉もないようだった。

この後、ドラート国協会本部から続々と人が送られてきて、フェラン支部の取り調べが本格的に開始した。支部の者たちは大半が拘束《こうそく》され、本部へ更迭された。

ちなみに、火山から連れてきていた火の精霊は、支部長への追及が終わってすぐ自由にしてやった。

『もう、人間なんかに関わらないからな！』

そう捨てゼリフを放って、火山へと帰っていった子猫も元気にやっているといいなと、レイラは思っている。


火事騒動が収まれば、フェランの街は次第に以前の様相を取り戻した。

レイラはあの後、家に帰ってぐっすりと休み、翌朝には筋肉痛に悩まされた。乗り慣れない大トカゲで爆走したのがとどめを刺したようだ。

二日後、筋肉痛から解放されたので、ようやく薬屋に出かけた。採取した薬草や火トカゲを買い取ってもらうためだ。

「僕も行くー！」

ルーナが人の姿でレイラにひっつく。このルーナにも、だんだんと慣れてきた。

——姿が大きくなっただけで、言動は以前と全く変わらないしね。

問題は、ずっとひっついていられると歩きにくいことだ。

歩き慣れた道を通っていると、レイラの姿を見た者が、さっと逃げていく。全員ではないが、結構な人数が同じ反応をした。

——今度はなに？

レイラは不思議に思いながら、薬屋に到着した。

「お、いらっしゃい。待ってたぞ」

「こんにちは」

「こんにちはー！」

出迎えた店主にレイラが挨拶《あいさつ》すると、ルーナも続けて元気に挨拶する。この挨拶というのが、今、ルーナの中で流行《はや》っているようだ。

「……先日も思ったけど、この子をどっからさらってきたんだ？」

レイラにくっついているルーナを、店主が訝《いぶか》し気に覗き込む。

「僕、ルーナだもん！」

注目されたルーナがえっへん、と胸を張った。

「ルーナって、レイラがいつも連れてる蛇だろう？」

「そう、そのルーナ」

レイラが頷くと、店主はしきりに首を捻《ひね》った。

「……人の姿の精霊なんて、初めて見た」

――まぁ、そうだろうね。

とりあえず店主には、あまりルーナのことを言いふらさないようにお願いしておく。

「で、なにを持ってきたんだ？」

ウキウキしている店主に促《うなが》され、レイラは買ってもらいたいものをドサッとテーブルに置いた。

「お、火トカゲがある！　しかも状態がいいな！」

「頑張ってとった、グレッグが」

他人の手柄の横取りは良くないと思ったレイラは、ちゃんと真実を告げた。

「そのくらいわかっている」

店主もレイラ一人でとれたとははなから思っていないらしく、納得したように頷く。

「熱冷ましの薬草が結構あるな。これも高値で買うぞ」

「あと、こんなのもある」

火山で採取した薬草をすべて査定してもらったら、結構な金額が手に入った。

——やったね！

喜ぶレイラに、くっついているルーナも嬉しそうだ。

「お金が貰えてよかったたね！」

ニコニコ笑顔のルーナの言葉に、店主が固まった。

「レイラお前、精霊様に金の話をさせるなよ」

「……自分でも、ちょっとそう思う」

精霊の口から金という言葉を聞くのは、やはり衝撃があるようだ。人と会話するときの心得を、ルーナに教える必要があるかもしれない。対人能力が極めて低いレイラに、どれほどのことが教えられるかは謎だが。

——あ、そうだ。

金策が一段落着いたところで、レイラは気になったことを尋ねた。

「ねえ、ここに来るまでの謎現象はなに？」

「謎現象？」

レイラの質問に、店主が首を傾げる。

「なんか、私を見て逃げる人がいる」

「あぁー……」

店主には心当たりがあったようだ。

「先日、レイラたちが去った後だけどな……」

店主が言うには、レイラたちが支部長を連れて火事の現場を離れた後、一部の住人からレイラへの苦情が出たのだそうだ。

『どうしてあんなに水を出せるのに、俺たちを見捨てたんだ！』

『あの力があれば、私たちがあんなに水で騒ぐことなかったじゃない！』

こんなことを喚《わめ》き立てる連中がいたらしい。そして、支部長が喚いた言葉を信じる者も一定数いるのだとか。

『この苦労は全てあいつが悪いんじゃないか！』

集まってレイラの噂《うわさ》をしている住人に、そんなことを言って回る者がいるそうだ。

確かに支部長と言い合っていた最中も、そのような声がいくつか聞こえた。

――こっちは支部長のせいで死ぬ思いだったっていうのに、好き勝手言ってくれるよね。

不機嫌になったレイラを見て、店主はさもありなんという顔をした。

「特に声高に文句を言っていたのは、あの支部長に媚《こ》びていた奴らだね。彼はお金持ちだったから、近くに寄ればそれなりにいい思いができたのさ」

支部長に媚びるために、普段からレイラを異国人だと言って邪険にしてきた連中だそうだ。以前、レイラの顔を見ると難癖をつけてきた者たちは、その類《たぐい》の人間らしい。

だが、そんな発言をする者を叱りつけた人物がいた。大家のおばさんである。

『よその村じゃあ十年以上も井戸が枯れたままだっていうのに、アンタたちはたった数日も辛抱できなかったのかい!? よそ様よりも贅沢《ぜいたく》な暮らしができていたのは、全部あの娘が連れている水の精霊のおかげだっていうのに、ずいぶんな口を叩くもんだね！』

好き勝手に喚《わめ》く連中に向かって、おばさんがそう怒鳴りつけたそうだ。多くの住人たちは正論を述べたおばさんに味方したらしく、レイラを非難する声はすぐに小さくなったとか。ただ、自分達も面倒に巻き込まれるのを嫌がり、レイラを避けているのだろうということだった。

「おばさん、他の村の状況を知ってたんだ……」

レイラが呟くと、店主は苦笑した。

「そりゃあね。僕らに身代を譲る前は、お義母《かあ》さんが商売をしていたんだから、それなりに伝手《つて》を持っているのさ」

その後、情報規制を強いる支部長がいなくなったことで、外部との連絡手段がある者が他の地域の話をするようになる。

フェランの街が異常だったのだと住人が理解した頃には、火事の現場で支部長が喚いたことなど誰も信じなくなった。

そしてレイラを非難していた連中は、今度は彼ら自身が非難の的になっているのだという。

「奴らは因果応報というか。誰かを悪し様《あざま》に言えば、いずれ自分が誰かに悪し様に言われるっていうことだね」

支部長だけでなく、住人にもそんな影響が出ていたとは、レイラは全く知らなかった。

——ていうか、悪口なんてどれも一緒だと思って、気にもしてなかったな。

ひそひそ悪口を言っている連中をいちいち突《つつ》いて回るほど、レイラとて暇ではない。なので、そんな連中の中に、支部長の取り巻きがいたことも初めて知った。

「ここだけの話、お義母《かあ》さんはレイラが精霊術師としての仕事を協会から貰えていないことに、ヤキモキしていたんだよ」

いっそレイラは、他の土地に出て行った方がいいのではないか。大家のおばさんはそう考えていたそうだ。

けれど、レイラはどんな状況にあっても、飄々《ひょうひょう》としていて一向に不満を爆発させない。

「それだけレイラの精神が強かったってことだろうけど、お義母さんは気を揉《も》んでねぇ」

そんな時、街にやって来たのがグレッグだった。

「レイラにもやっとツキが回ってきたんだと、それは喜んでたよ」

「……おばさんが、そんなに」

——世の中、私の知らないことばっかりだ。

俯《うつむ》くレイラを、ルーナが心配そうに見つめていた。

その日の午後。竜の卵採取の成功を祝って打ち上げをするとグレッグに言われ、レイラは酒場に向かった。

――ルーナにお酒を振る舞う約束だしね。

そう思いつつ酒場に入ると、グレッグはすでに飲んでいる。

「突っ立ってないで、座れ」

レイラがグレッグに促《うなが》されるまま席に座ると、蛇姿のルーナが袖から顔を出す。

『僕のお酒は？』

「ちゃんと頼んであげる」

催促するルーナに、レイラは苦笑する。いくら精霊とはいえ、子供の姿で酒を飲ませるわけにはいかないので蛇の姿をさせているのだ。

レイラはルーナの分のお酒と、自分が飲むミルクを注文する。

「では、竜の卵採取の成功と、互いの無事を祝して！」

グレッグの音頭で、レイラはグラスを合わせた。

『うーん、お酒美味《おい》しい！』

ルーナはご機嫌でお酒の入ったグラスに顔を突っ込んでいる。

「いい飲みっぷりだな」

ルーナの姿を見て、グレッグが笑う。

しかし、楽しそうな雰囲気の中、豪勢な食事を目の前にしても、レイラの気持ちは上向かない。

――お祝いの席なのに、私ってば暗い顔してるよ。

そう思うと、余計に落ち込む。

「どうしたよ、薬屋でたんまり金を稼いだんだろうが」

レイラの様子がおかしいことに気付いたグレッグが、不思議そうに尋ねる。レイラは自分の内心を、誰にも愚痴《ぐち》ることはできないと思っていた。でも……

――グレッグなら、いいかも。

旅の間に自身の情けない姿を見てもなんだかんだで文句を言わず、命の危機が迫る時でも見捨てなかったグレッグになら、本音を言える気がした。

「私、もの知らずだな、と……」

こうしてレイラはグレッグに、心情を吐露する。

火事の後の悪口のこと、それに反論してくれた大家のおばさんのこと――これまでの自分について薬屋で聞かされたことをポツリポツリと語りながら、レイラは己を振り返った。

――私の味方はルーナだけだと、ずっと思ってたけど。

レイラは師匠と別れて以来、一人で生きているつもりでいた。誰にも頼らず、自分だけでなんとかしてやるのだと片意地を張っていたとも言える。大家のおばさんだって、どうせ師匠に義理立てしているだけ。味方なんていないと、刺々《とげとげ》しく生きてきた自覚だってある。

なのに、見守ってくれている人がいたなんて、レイラにとって天地がひっくり返るほどの驚きだったのだ。

――支部長の件よりも、こちらの方がずっと大事件だよ。

話しているうちに、レイラはだんだんと俯《うつむ》いていく。レイラのうまく纏《まと》まっていない話を、グレッグは黙って聞いていた。

「なるほどねぇ」

話を聞き終えたグレッグが、酒を呷《あお》る。

「まぁ、俺だって偉そうに言えるほど長生きしてねぇがな。あれだ、お前はちぃと視野が狭いな」

グレッグの言葉に、テーブルに埋《う》まる勢いで下を向いていたレイラは顔を上げた。グレッグの目には軽蔑《けいべつ》でも嫌悪でもなく、優しい光が灯っている。

「レイラ、もうちょっと顔を上げて周りをよく見てみろ。世界ってのは案外、楽しいもんだぜ?」

世界は楽しい。それは今まで、レイラが感じたことのない気持ちだ。いつもただ生きるのに一生懸命で、楽しさというものを追求したことがない。

――楽しい、かぁ。

楽しい世界とは、一体どんな景色だろうか。その世界にいる自分は、楽しそうに笑っているのだろうか。そんなことを夢想しているレイラの口元が、自然に緩《ゆる》む。

グレッグはそんなレイラの様子をからかうでもなく、ただ静かに見守っていた。

そうして美味《おい》しい料理に舌鼓《したつづみ》を打ち、満足な気分で家に帰ったその夜、レイラの家に訪問者があった。

「師匠……」

ノックの後、建付けの悪い玄関のドアを開けたのは、師匠だ。

「またずいぶんと、ボロい家に住んでるな」

師匠は家に入ってきて、開口一番にそう言った。とり壊す予定だった家を借りているのだから、ボロいのも当たり前なのだが、それでも面と向かって言われるとへこむ。

『ちゃんと掃除してるの？』

師匠の精霊がテーブルの上にひらりと乗って、部屋を見回す。旅に出る前もバタバタしていたし、帰ってからも筋肉痛で動けなかったので、室内はお世辞にも綺麗だとは言えない。

「なんか、スミマセン……」

レイラは少しでも掃除すればよかったと今更反省しながら、師匠を招き入れた。

ルーナがベッドに寝転がっている部屋で、レイラは師匠と向かい合って座る。

「薬屋で聞いてきたぞ、ずいぶんと大冒険してきたみたいじゃないか」

師匠が楽しそうに言った。

「大冒険……」

師匠の言い方がおかしくて、レイラは小さく笑う。確かに今までのレイラからすると、考えられない大冒険だ。なんといっても竜と戦ったのだから。

「レイラは人付き合いが下手なので心配しておったが、元気にやっているようでなによりだ」

「元気が、私の取り柄」

レイラはそう言って微笑《ほほえ》んだ。

レイラたちはしばらく、思い出話に花を咲かせることとなった。

――師匠と暮らしていた時みたい。

師匠と話していて温かい気持ちになったレイラは、懐かしい思いに満たされる。

そうして、ひとしきり盛り上がってから、レイラは今後について尋ねてみた。

「師匠は、まだこの街にいるの？」

「……そうさのぅ」

師匠は間を置いて答えた。

「ここの協会の建て直しと精霊術師の再教育のため、本部から新たな人員が送られてくることになってな。儂《わし》もしばらく、見守るために滞在する」

精霊術師が、己の欲のために精霊を歪《ゆが》ませたことで、本部も、フェランの街の精霊術師をそのまま放置するのは危険と判断したのだそうだ。逃げ出した者も数人いるが、それも捕獲に動き出すらしい。

「そうなんだ……」

協会のこれからを思い、レイラが視線を落とした時――

「どうだねレイラ、もう一度儂と一緒に暮らすか？」

突然、師匠がそんなことを聞いてきた。

「……え？」

「儂《わし》もしばらく滞在すると言うただろう。どうだ、前のように暮らすか？」

ぽかんと口を開けたレイラに、師匠は笑みを浮かべる。レイラが街の者とうまくいっていないことを薬屋で聞いて、気遣ってくれているのだろうか。

「それは……」

レイラは言葉を濁《にご》しながら、自分の気持ちを見つめた。

以前のレイラだったら、この申し出に飛びついただろう。人付き合いに悩むこともなく、ただ師匠の言う通りにしていた頃の自分に戻れるのだ。

――師匠と過ごした時間は、穏やかだったなぁ。

甘えると言う行為を、初めて経験した時間だった。けれど、それは師匠とレイラと精霊たちしか存在しない、とても狭い世界だったのだと今ならばわかる。

「それもいいけど……、きっとまた師匠に甘えて、元の私に戻る」

そう言ってレイラは首を横に振った。今までの自分のままだと、きっと世界はあんまり楽しくならない。グレッグも言った、レイラはもっと外の世界を知る方がいいと。

――今回の旅は大変だったけど……

筋肉痛で足は悲鳴を上げるし、野宿はするし、精霊や竜に襲《おそ》われるし、死ぬかと思ったけれど。

――でも、楽しかった。

グレッグと馬鹿な話をしながら歩いたり、料理に文句を言われたり、そして命がけで助けてもらったりした。それは今までの人生で経験したことのない、かけがえのないものだ。

「もうちょっと違う私になるために、もっと他の場所を見てみたい気がする」

レイラは決意を込めて、師匠に告げた。

「旅をするというのか」

「うん、そう」

今回のたった数日だけの旅でも、新たな発見があったのだ。もっと遠くに旅をすれば、もっとすごい発見があるかもしれない。

「一人でかね？」

「一人じゃない、ルーナが一緒」

レイラはベッドで幸せそうに寝ているルーナを見やる。

——ルーナはどんな私でも、一緒にいてくれる。

レイラが手に入れた、かけがえのない家族だ。

「ふぅむ……」

レイラに断られた師匠は、顎《あご》を撫《な》でてなにか考え込んでいた。


それから数日が経ち、レイラが旅立つと決めた日。

街の門まで、師匠や薬屋の店主、大家のおばさんが見送りに来てくれた。

「みんな、達者で暮らしてね」

「楽しみだね、レティス国！」

皆に挨拶《あいさつ》をするレイラの横で、人の姿のルーナがはしゃいでいる。最終的な行き先は未定だが、旅の途中で水の精霊王に会いに行くのが嬉しいのだろう。

「忘れ物はないかい？　アンタはうっかりしているところがあるからねぇ」

「おばさん、それもう何度も聞いた」

同じ質問を繰り返す大家のおばさんに、レイラは苦笑する。

「レイラ、怪しい人間に付いて行くでないぞ」

「師匠、それも何度も聞いた」

師匠まで同じことを心配してくる。そんなに繰り返されるほど信用がないのだろうか。

『ルーナ、はしゃぎすぎて迷惑をかけてはダメよ？』

「大丈夫だもん！」

釘を刺してくる師匠の精霊に、ルーナは元気に返す。

「……遅いなぁ」

そんな一同をよそに、店主が呟きを漏《も》らしながら街の方を眺めているが、レイラはそのことに気付いていない。

しばし見送りの面々と同じような問答を繰り返していると、店主が声を上げた。

「あ！」

なんだろうかとレイラがそちらを振り向くと、グレッグがゆったりと歩いてやって来るところだった。

「おう、いたいた」

グレッグがレイラを見つけて手を振る。レイラ同様、旅装で荷物を担いでいた。

「まったく、朝からあちらこちらで引っかかっちまったぜ」

やれやれと肩を竦めるグレッグを、レイラは見上げる。

「グレッグも、今から発《た》つの？」

「おうよ」

レイラが尋ねると、グレッグが軽い調子で答えた。

「ふーん、偶然」

グレッグは竜の卵をレティス国の王様に届けなければならないから、そうのんびり休んではいられないのだろう。足の遅いレイラよりも早くレティス国に着くに違いない。

「私もとりあえずレティス国に行く。向こうで会えるといい」

旅先に知り合いがいるとわかると、安心感が増すというものだ。レイラが一人で頷いていると、グレッグに額《ひたい》を指で弾かれた。

「あいたっ！」

思わぬ不意打ちに、レイラは弾かれた額を押さえる。

「違うだろうが！　そこは『偶然ね、せっかくだから一緒に行こう♪』と言うところだ！」

「はぁ？」

意味不明なことを言うグレッグに、レイラは驚く。

「そりゃいいね！」

「ぜひそうしてもらえ」

「うむ、旅の供にはぴったりの御仁だ」

おばさんや店主に師匠が、にこにこ笑いながら口を揃えて賛成する。どうしてこういう流れになるのかと混乱するレイラに、グレッグがたたみかけた。

「お前を一人で放り出すと、どこかで行き倒れてないか心配になるじゃねぇか。だったら、最初から一緒にいた方が安心ってもんだろ？」

レイラにもようやく、グレッグの言わんとすることが理解できてきた。

――私と一緒に行く気⁉

口をパクパクさせ、レイラはなにか言わなければと必死に言葉を紡ぐ。

「……歩くの遅いよ？」

「急ぐ時は担いでやるよ」

グレッグはニヤリと笑って答えた。

「……わがまま言うよ？」

「女のわがままを聞くくらい、わけねぇな」

「……面倒かけるよ？」

「竜と戦う以上の面倒なんて、考えもつかねぇよ」

「……それに」

さらに続けようとすると、グレッグから両のこめかみを拳《こぶし》でグリグリされた。

「いたいいたいいた……！」

本気で頭が割れそうに痛くて、レイラは涙目でグレッグを叩く。グレッグはしばらくグリグリすると、パッと手を離した。

「おいレイラ。どうしててめぇは否定から入るんだよ。そこは一緒に行けて嬉しいと喜ぶところだろうが」

グレッグに呆れたため息をつかれて、レイラはこめかみがジンジンするのも忘れて俯《うつむ》く。

レイラは今まで、ずっと他人から否定されて生きてきた。だから自分の気持ちに予防線を張ってしまうのだ。

——だって、やっぱりダメな奴だったって、後で思われたら嫌じゃんか。

相手がレイラに幻滅する前に、自分に言い聞かせるように、一緒に行けない言い訳を考える。幻滅されるくらいなら、楽しかった思い出のまま終わりたいから。

ぐっと唇を噛《か》み締めたレイラがなにも言えずにいると、師匠が口を挟んできた。

「ほっほ。レイラよ、旅は道連れと言うではないか。連れがいると楽しいぞ？　それに可愛い弟子に強い剣士が同行してくれれば、儂《わし》も安心できるというものだ」

「師匠……」

顔を少し上げたレイラの目に、優しく微笑《ほほえ》む師匠が映る。

「そうだなぁ、いくら精霊がついているとはいえ、レイラ一人じゃあ確かに心配かな」

「世間知らずの小娘に、一人旅は無理だよ」

店主やおばさんまで、そんなことを言う。

レイラが途方に暮れて一同の顔を見渡すと、全員が訳知り顔でレイラの言葉を待っている。これではまるで、レイラ一人がわがままを言っているみたいだ。

――もう、後になって後悔しても遅いんだから！

レイラはだんだんと腹が立ってきた。どうやら自分は、みんなに嵌《は》められたらしい。

「じゃあ、一緒に、行く？」

レイラが不本意そうな顔で尋ねると、グレッグは破顔した。

「最初っから、素直にそう言えばいいんだよ！」

そう言ってレイラの頭を力任せに撫《な》でる。

「うわぁい、三人旅だね！」

成り行きを黙って見守っていたルーナが、にぱっと笑った。ルーナもみんなと共謀していたようだ。そんなルーナの笑顔を見て、気負っていたレイラは肩の力を抜いた。

――ま、いっか！

ここで意固地になっても馬鹿みたいだ。せっかくの旅なのだから、楽しまなければ損というもの。

「ほれ、行くぞ。ただでさえてめぇは足が遅いんだからよ」

門の向こうへ歩き出したグレッグに、レイラも続こうとして振り返る。そこには店主やおばさんに師匠が並んでいる。今までのレイラを見守ってくれた、大切な人たちだ。

「行ってきます！」

レイラは笑顔で三人に挨拶《あいさつ》した。三人も笑顔で手を振っている。

ここから、精霊術師レイラの新たな人生が始まる。

後日譚　その後の二人

フェランの街を旅立ってから時は経ち、レイラたちはレティス国の王都に入った。

そこで王様に竜の卵を届けた帰り道。観光を始めたとたんに、レイラが迷子になった。続いて目新しいものに引き寄せられたらしく、人の姿をしたルーナもはぐれる。

グレッグがこの二人の回収作業を三度繰り返した現在、レイラはグレッグやルーナと手をつないで、人の多い大通りを歩いていた。仲良しの印というよりも、迷子防止策である。

「すごい、人多いね」

「そりゃあ、レティス国の王都だからな」

田舎《いなか》者丸出しなレイラに、グレッグが説明した。

レイラが着ていたボロいローブは、今では紺《こん》色のローブに変わっている。レティス国に入ってすぐに寄った協会で、「精霊を連れた術師の格好じゃない！」と嘆《なげ》かれてしまったのだ。

最初は協会から豪華な刺繍《ししゅう》の入ったローブを渡されたのだが、旅に向かないというグレッグの助言もあって、簡素な紺のローブにしてもらった。しかし、これでも元のローブの数十倍は高価だ。このローブを普通に洗濯していいものか、レイラは今から困っている。

「ねーレイラ、あれいい匂い！」

グレッグと繋いだのと反対側の手を、ルーナがぐいぐい引いた。

「あー、あの串焼きな」

レイラが答えるよりも早く、グレッグがルーナの言った方角に歩いていく。両方の手を引かれながら、レイラは思う。

――家族って、こんなカンジなのかな……

今までの人生が孤独でなかったと言えば嘘になる。それでも、それなりに穏やかな時間もあった。しかし、誰もこんなふうに、手を引っ張ってくれたりはしなかった。

「ふへへ……」

おかしな笑いを漏《も》らしたレイラを、グレッグが振り向く。

「なんだよ、急に変な笑い方して」

こうしてすぐに気にかけてくれる存在がいる。それはとても幸せなことだ。けれど、そんな素直な気持ちを口にするのは照れくさい。

「いい天気だな、と思って」

「そうかよ」

ごまかしたレイラを、グレッグは追及しなかった。

それからグレッグに買ってもらった串焼きを、通りの隅《すみ》に寄って楽しむ。

「美味《おい》しい」

レイラは夢中で串焼きをハムハムと食べる。

「うん、美味《おい》しい！」

ルーナも同じ串焼きを、小さな口いっぱいに頬張ってご機嫌だ。

「旅って美味しい」

串焼きのタレで口元をべったり汚しているレイラに、グレッグが苦笑して布をよこす。

旅を始めた当初は足が遅くて荷馬車のお世話になってばかりだったレイラだが、あちらこちらで食べ歩きをしていると、徐々に体力がついてきた。やはり固パンばかりの食事がいけなかったようだ。

出発時で亀の歩みだったのが、今では赤ん坊の歩みくらいに進歩していた。

「依頼完了のサインも貰ったし、次の目的地は湖の街だな」

重要案件が片付いたら、次の案件が待ち受けている。水の精霊王との再会だ。

「主様《あるじさま》が、まだ来ないって拗《す》ねてるよ」

食べ終えた串焼きの串を揺らして、ルーナが主張する。

「湖の街って、なにが美味しい？」

レイラはグレッグに尋ねた。

新しい土地に到着してまず気にすることは、この街の特産品はなんだろうかということだ。

「そりゃあやっぱり、魚だろう」

あの街の魚は美味しいのだと、グレッグが述べる。

実はレイラは、魚というものを食べたことがない。ドラート国内の川にいる魚は、食べられない種類ばかりなのだ。

「魚を食べるの、楽しみ」

くふふ、と笑みを漏《も》らすレイラを、グレッグが小突く。

「そこは、水の精霊王様と会うのを楽しみにしてやれよ」

「それもあるね」

うんうん、とおざなりに頷くレイラに、グレッグが仕方ないと言わんばかりの様子で苦笑した。

「きっと主様《あるじさま》、レイラにおっきな魚をくれるよ」

「よし、さあ行こう、早く行こう！」

ルーナがそう言うと、レイラは張り切って拳《こぶし》を上げる。

今、レイラは思う。世界はたくさんの「楽しい」を秘めているのかもしれない。それはふとした瞬間に見つかるもので、案外身近にある可能性だってある。

この「楽しい」を、一つ一つ見つけていこう。きっとそれが旅の醍醐味《だいごみ》だ。

「楽しみだなぁ、湖の街！」

そう言って笑顔になるレイラの頭を、グレッグがぐしゃりと撫《な》でるのだった。

Regina COMICS
大好評
発売中!!
異世界でカフェを開店しました。
1〜3
原作
甘沢林檎
Ringo Amasawa
漫画
野口芽衣
Mei Noguchi
アルファポリスWebサイトにて
好評連載中!
異世界クッキングファンタジー
待望のコミカライズ!
突然、ごはんのマズ〜い異世界にトリップしてしまった理沙。もう耐えられない! と食文化を発展させるべく、カフェを開店。噂はたちまち広まり、カフェは大評判に。精霊のバジルちゃんや素敵な人達に囲まれて異世界ライフを満喫します!
B6判・各定価680円+税
地球のお料理召し上がれ。
アルファポリス 漫画
検索
シリーズ累計31万部突破!

コミックス大好評発売中！

学校が退屈で、アルバイトに精を出している女子高生・なつめ。そんな彼女はある日、バイト先で暴漢に襲われそうになってしまう。ピンチの時に現れたのは、学校の人気教師・世《よ》名《な》だったが、彼は暴漢に刺されてしまった。慌てて世名の手当てをしようとするが、彼の傷はなぜか消えていて……!?

＊B6判　＊定価：本体680円＋税　＊ISBN978-4-434-22547-5

アルファポリス 漫画　検索

黒辺あゆみ（くろべあゆみ）
福岡県在住。2006年よりネットで小説を書き始める。2015年「宰相閣下とパンダと私」で出版デビュー。

イラスト：飴シロ

精霊術師《せいれいじゅつし》さまはがんばりたい。

黒辺あゆみ（くろべあゆみ）

2016年 12月 5日初版発行

編集－反田理美・羽藤瞳
編集長－塙綾子
発行者－梶本雄介
発行所－株式会社アルファポリス
〒150-6005東京都渋谷区恵比寿4-20-3 恵比寿ｶﾞｰﾃﾞﾝﾌﾟﾚｲｽﾀﾜｰ5F
TEL 03-6277-1601（営業） 03-6277-1602（編集）
URL http://www.alphapolis.co.jp/
発売元－株式会社星雲社
〒112-0005東京都文京区水道1-3-30
TEL 03-3868-3275
装丁・本文イラスト－飴シロ
装丁デザイン－ansyyqdesign
印刷－大日本印刷株式会社

価格はカバーに表示されてあります。
落丁乱丁の場合はアルファポリスまでご連絡ください。
送料は小社負担でお取り替えします。

ISBN978-4-434-22705-9 C0093